DRIJFZAND

Drijfzand

ALISON LESTER

Uit het Engels vertaald
DOOR ED FRANCK

averbode

DE VERDWIJNING

De nacht dat ze verdwenen, was het volle maan. De door de wind gegeselde weiden lagen helder en blauw onder hoge wolkenflarden. Over de weg vol geulen, die van de stad naar de baai liep, slingerde zich een auto met gedoofde lichten. Hij reed grillig en te snel, alsof de chauffeur niet wist hoe hij een auto moest besturen. De wind veegde het geluid van de motor weg.

Bij de steiger kwam de auto met een schok tot stilstand en een tengere gestalte stapte uit. Snel bracht ze haar draagtassen en kisten over in een bootje, dat aan de gammele rimboesteiger vastgemeerd lag. Nadat ze tevreden had vastgesteld dat de roeiriemen en het roer in orde waren, liep ze terug naar de auto en haalde er nog een bundel uit, die ze met grote tederheid naar de boot droeg. Ze legde hem voorzichtig in de boeg, buiten het bereik van wind en opspattend water, sprong als een kat in de boot en roeide stil weg op de kolkende stroming.

Glijdend door schaduwen van voortjagende wolken stak de boot de baai over. Het getij nam af, het water stroomde snel naar de ingang van de baai en verder naar de woeste open zee.

De jonge vrouw moest tegen de stroom roeien om de landtong aan de overzijde te bereiken. Langzaam schakelde ze over op een constant ritme. Als ze de lichten van de stad op één lijn hield met de top van de Heuvel van Price, kon ze niet uit de richting raken.

De golven sloegen tegen de zijkant van de boot, ongelijk-matig en woelig. Het roeien ging haar steeds moeilijker af. Haar rechterroeispaan raakte zelfs het water niet meer als de boot dook en haar achterover sloeg. Ze was nat tot op haar huid en had nog uren roeien voor de boeg.

En dat op een baai die normaal een rustige plas is, dacht ze. Het was een wanhopig gevecht. Als ze ook maar even uitrustte, kreeg de getijdenstroom de boot in zijn greep en sleurde hem in de richting van de ingang.

Het was moeilijk te schatten hoe lang ze al roeide. Ze draaide zich om op het houten zitbankje om de land-tong te kunnen zien. Ze was niet eens halfweg, en toch was ze al uitgeput en door het ruwe hout van de riemen stonden haar handen vol blaren.

Ik haal het nooit, dacht ze. Het is te moeilijk, met de wind en het getij in mijn nadeel.

Alles keerde zich altijd tegen haar. Ze legde de riemen op haar knieën en liet wanhopig haar hoofd zakken. Ze keek weer op toen ze voelde hoe de boot zich tegen het getij verzette.

De oostenwind, altijd vervloekt door de kustbewoners om-dat hij woelig weer bracht, snelde haar te hulp. Hij kwam aanwervelen uit het zuidwesten, geselde in vlagen het water en duwde de roeiboot in de richting van het gebergte.

Het zou goed aflopen. Haar handen deden niet meer zo veel pijn. Het gevoel dat haar borstkas op springen stond, ebde weg. Ze kon het aan.

Ze tilde een hoek van het zeildoek in de boeg op en luisterde gespannen. Geen geluid. Ze glimlachte en begon weer te roeien.

De lichten van de stad werden steeds kleiner. Aan de overkant van het zilverige water, links van haar (haar havenkant, dacht ze) lagen de boerderijen tussen de stad en de landtong verzonken in de duisternis. Iedereen was al lang naar bed. Nog even en een paar melkveehouders zouden misschien al opstaan om hun koeien te melken. De boot gleed uiterst langzaam over de baai, met een waaiervormig zog achter zich.

De jonge vrouw was gehypnotiseerd door het water, dat voortdurend in beweging was. Beelden flitsten door haar hoofd. Ze dacht aan alles. Ze dacht aan niets. Ze roeide en roeide.

Een roeiriem sloeg plotseling tegen de zijkant van de boot. Geschrokken grabbelde ze ernaar. Was ze in slaap gevallen of had ze gewoon zitten dromen? Ze wierp een blik over haar schouder. Daar was het Whitingstrand. Ze was er bijna.

Ze gaf een laatste ruk aan de riemen om de boot te doen vastlopen en leunde toen achterover. Ze ademde met korte hijgstoten.

Haar baby begon te huilen. Ze haalde hem uit zijn deken, legde hem aan haar borst en voedde hem. Terwijl hij dronk, luisterde ze naar de golven die de beschutte kuststrook likten en ze wist dat ze was thuisgekomen. In de verte, aan de overkant van de door het maanlicht overgoten baai, vormden de lichtjes van de stad niet meer dan een glinsterend kettinkje.

Ze zou nooit terugkeren.

Het kostte haar de hele nacht om al haar spullen van het

strand weg te dragen en de boot te laten verdwijnen zonder een spoor achter te laten. Haar broer en haar vader waren allebei spoorzoekers, en ze zouden tot het uiterste gaan om haar te vinden. Ze zouden doodongerust zijn. En toch had ze geen andere keus. Ze moest de stad ontvluchten en zich hier afzonderen om te rouwen en tot rust te komen. Later zou ze hun laten weten dat het goed met haar ging.

Door het ondiepe water sleepte ze de boot naar een plek waar een granieten plaat in de zee verdween. Op een rotsachtige bodem zou ze geen sporen achterlaten. Ze laadde haar kisten en draagtassen uit. Ze legde haar baby, die in zijn deken lag te slapen, tussen haar trui en haar laarzen. Daarna roeide ze de boot langs de kust naar het spitse uiteinde van de baai. Zodra ze de zuigkracht van de stroming begon te voelen, sprong ze overboord. Ze gaf de boot een duw in de richting van het onstuimige water en waadde terug. Haar jurk hing nat en zwaar tegen haar benen. Zonder halt te houden tilde ze de druipende stof op, wrong hem uit en schortte haar jurk op tot onder haar gordel, zodat hij het water niet meer raakte.

De wind streek over haar natte huid, maar ze kreeg het er niet koud van. Dit strand straalde iets zachts en warms uit, waardoor ze zich nu al lichter van hart voelde.

Voorzichtig, uiterst voorzichtig, om toch maar geen voetafdruk of afgerukt draadje of gebroken twijgje achter te laten, droeg ze haar baby en het eerste deel van haar vracht de rots op. Ze waadde de kreek binnen en volgde die, op weg naar de verborgen vallei die ze zich herinnerde van lang geleden.

Het was haar geheime plek. De schuilplaats die ze had ontdekt toen haar moeder was gestorven.

BIJNA NEGEN JAAR LATER

De boerderij lag genesteld tegen een lage rug van banksia's, en had aan de noordkant een met glas afgezette veranda, die de winterzon moest opvangen. De verf op de raamkozijnen en het dak was verbleekt en het avondlicht lag rozig op de gewitte, elkaar overlappende muurplanken. Een zilverkleurige palissade liep schots en scheef om de tuin heen en beschutte de bloemen en groenten tegen de zoutige winden die vanuit de zee-engte aan kwamen geloeid. Gehavende cipressen leunden over de schuur naast het woonhuis, en in haar bed kon Biddy hun takken over het dak horen schrapen.

De zon was net ondergegaan en de duisternis slokte langzaam de kleuren van het landschap op. In het noordoosten gaven een aantal lichtvlekken de ligging aan van de boerderijen die over de kustvlakte verspreid lagen, en verder, veel verder, blonken de lichten van de stad. Hoge paarse heuvels omzoomden de komvormige baai. Aan de achterkant van de boerderij vervlakten ze geleidelijk.

De andere kant op waren er geen lichten, alleen maar kilometers wildernis die zich rond de baai slingerde en waaruit de landtong oprees als een eiland.

Biddy vond dat ze op de ideale plek woonde, met de stad

aan de ene kant, de landtong aan de andere, en de baai voor haar. Soms reed ze naar de grindstrook achter de veekralen en fantaseerde hoe ze haar koninkrijk zou verdedigen als ze een prinses was.

Hun boerderij lag aan het eind van de weg, het verst verwijderd van de stad. Biddy's opa had de bomen en struiken gekapt en nu lieten haar ouders er vee en schapen grazen. Ze hadden een kleine kudde Herefordkoeien om te fokken, maar ze hielden zich toch vooral bezig met het vetmesten van vee. Elke herfst, als de prijzen laag waren, kochten ze jonge stieren, die ze lieten overwinteren op de landtong, op een groot woest stuk land dat de familie al sinds de jaren twintig pachtte. Dankzij het malse inlandse gras in de ravijnen werd het vee vet en zacht glanzend. Nu, in de lente, was het moment aangebroken om de dieren te verkopen.

Het nam altijd twee dagen in beslag om het vee bijeen te drijven en over het strand naar de boerderij te brengen. Biddy had nog nooit mee mogen gaan. Ze moest altijd thuis bij opa blijven. Dit jaar was ze vast van plan om mee te gaan.

Biddy spitste haar oren om een ver geluid op te vangen, maar er waren te veel andere geluiden. Het huis kraakte en wiebelde in de wind. Ginds bij de grote schuur bonkte en ratelde een loshangende ijzeren plaat. In de kamer naast die van haar knetterde het weerbericht uit opa's radio, en Tigger lag languit op haar bed te snorren als een motor.

Biddy ging bij het raam op haar knieën zitten en perste haar gezicht tegen het glas. Ze zag alleen maar de zwarte, woelige nacht. Niets. Of toch, ja, een lichtflits ginds op de Soldatenheuvel. Ja. Het was... het was ongetwijfeld een veewagen. Je kon ze gemakkelijk herkennen, met hun lampen op de zijkanten van de aanhangwagen.

'Papa! Papa! Marty Reed komt eraan met de nieuwe koeien, onze nieuwe fokkoeien! Ik zag hem de heuvel af-rijden!'

'Knap van je, maatje. Ik ga hem helpen uitladen. Die koetjes zijn de hele dag onderweg geweest en zullen wel snakken naar wat eten en drinken.'

'Mag ik mee, papa? Mag ik? Alsjeblieft? Zeg ja, ik zal niet...'

'Al goed, Biddy, al goed. Maar trek een trui over je pyja-ma aan. Het is behoorlijk koud.'

De vrachtwagen was al achteruitgereden naar de los-plaats toen ze bij de kraal kwamen, en de chauffeur stond bij het hek te wuiven.

'Hola, als dat mijn vriendinnetje niet is! Alles kits, schatje?'

Biddy was smoorverliefd op Marty Reed, ook al was hij vierentwintig jaar en dus meer dan twee keer haar leef-tijd. Hij was lang en mager als een rietstengel en droeg zijn broek zo laag op zijn heupen dat zijn hemd wel ein-deloos leek voor het in zijn broek verdween.

Biddy wuifde vluchtig naar hem en klom door de omhei-ning om naar haar pony te gaan. Bella was zo bleek van vel dat ze leek te gloeien tegen de donkere achtergrond. Ze wreef met haar snuit tegen Biddy's hals toen het meis-je haar gezicht in de zilverkleurige manen begroef.

'Je kunt haar ook tuigen als je zin hebt, Bid', riep haar vader. 'Dan kun je de koeien over de weg leiden.'

Bella was haar wintervacht nog niet helemaal kwijt. Ze

voelde zacht en donzig aan onder Biddy's flanellen pyja-
ma, en handig om je aan vast te houden. Voor alle zeker-
heid klemde Biddy een handvol manen in haar vuist.
Het zou nogal een afgang zijn als ze voor Marty Reeds
ogen van haar paard tuimelde!

Ze reed uit de lichtcirkel van de koplampen om de kudde over de weg naar de omheinde wei te brengen. Ze
voelde zich een echte *bushranger*, zo'n ontsnapte boef uit
vroeger tijden... Misschien was ze wel een veedief, die
deze kudde naar de landtong smokkelde om ze daar in
de wildernis te verbergen en te wachten tot ze hun kalve-
ren wierpen. Die zouden heel snoezig zijn, met hun
pluizige staart. Dan zou ze moeten...

'Kijk uit!' Plotseling stormde een zwarte, blaffende schaduw naar voren, net toen de koeien bij het hek aankwa-
men. Loeiend keerden ze zich om en begonnen de weg
weer af te rennen. Bella galoppeerde ze achterna voor
Biddy de tijd kreeg om na te denken. Ze hoorde hoe
haar vader Nugget vervloekte. 'Jij waardeloos mormel
van een hond! Als de koeien bij de hoofdweg raken...! Bij
God, dan zal ik je...'

Bella stoof over het grindpad. Biddy hoorde de koeien
door het struikgewas langs de weg stormen, maar kon ze
niet zien. Het was zo donker dat ze amper de bomen tegen de lucht zag afsteken. 'Whoa!' gilde ze. 'Whoa, koetjes van me!'

Voorbij de eerste heuvel werd het struikgewas dunner.
Bella galoppeerde naar voren om de koeien de pas af te
snijden. Hun bleke snuiten blonken vaag in het donker.
Geleidelijk begonnen ze trager te lopen en te gehoorzamen aan Biddy's kalmerende stem. 'Vooruit, meisjes, te-

rug naar huis. Komaan... ho... die kant uit... goed zo.'
Eindelijk draaiden ze zich om en liepen ze terug door het struikgewas, met Biddy en Bella achter zich aan. Biddy's pyjama was kletsnat van het zweet van de pony. Ze kon de koeien boven de wind uit horen hijgen en snuiven. De koplampen van de kleine open vrachtwagen kwamen de bocht om en hielden halt.
'Ben je daar ergens, Bid?'
'Ja, papa, hier! We zijn op de terugweg. Ik denk dat ik ze allemaal heb.'
De mannen dreven de koeien de wei in en telden ze terwijl ze door het licht van de koplampen liepen. 'Jawel, alle zesentwintig. Prima gewerkt, meid!' zei Biddy's vader.
'Ja', knikte Marty Reed. 'Een echte vrouwelijke cowboy!'
Biddy ontdeed Bella van haar hoofdtuig en glimlachte terwijl de pony zacht met haar snuit over haar rug wreef. Het gaf haar een goed gevoel een koeienhoedster te zijn.

'Dit jaar zullen we haar met ons mee moeten laten gaan, Lorna. Gisteravond heeft ze dat heel handig aangepakt. Ze bracht het vee even vlot terug als om het even wie het zou hebben gedaan.'
Biddy zat in de veranda haar schoolschoenen te poetsen en spitste haar oren. Ze had geen broers of zussen en nam dus deel aan de meeste gesprekken tussen haar ouders, maar ze was ook een getrainde luistervink. Ze ademde zachtjes om geen woord te missen.
'Dat weet ik nog zo niet, Dave.' In de stem van haar moeder klonk twijfel. 'Het is een vermoeiende tocht.

Uitputtend. Je weet hoe hard we op bepaalde ruige plekken moeten werken. Ik zal de tijd niet hebben om op haar te letten.'

'Dat zal ook niet nodig zijn, daar sta ik borg voor.'

Biddy grinnikte. Goed zo, papa.

'Ze kan zich net zo nuttig maken als welke knecht dan ook die ik zou meenemen. Trouwens, ik was even oud als zij toen ik voor de eerste keer meeging om het vee bijeen te drijven.'

'Tja, ik denk...'

Het gekraak van de radio overstemde het gesprek. Opa was naar het ochtendnieuws aan het luisteren.

Biddy wandelde van de bushalte naar haar klaslokaal. Ze had het gevoel dat ze vanbinnen gonsde. 'Ik ga! Ik ga! Ik ga het vee ophalen!' wilde ze gillen.

Het lawaai en het gebabbel op de speelplaats leken haar veraf en zonder enige betekenis.

'Hé, Biddy!' Het was Irene. Mooi zo, ze was precies de vriendin bij wie Biddy haar hart wou uitstorten.

'Irene, moet je horen wat voor geweldigs me nu overkomt! Ik zou het je beter niet vertellen, voor het geval dat het niet doorgaat, maar...'

'Wat? Wat? Vertel het me, trien!'

'Wel, ik hoorde mama en papa vanmorgen praten en ik denk dat ik volgende week mee mag om het vee bijeen te drijven!'

'*Wheee hooo!*' Irene gilde als een rodeoruiter. 'Jij geluksvogel! Dat heb ik altijd al gewild. Papa en opa komen altijd aandragen met die oude verhalen over de landtong. Geweldige verhalen! Over de walvisbeenderen en de kist bananen en het lijk en de wilde honden...'

'En de kangoeroe in de boot van Alf Brodrick...'

'En de verongelukte man en de waarzegger.'

'Juist, ja, maar ik zou beter nog wat met mijn beide voeten op de grond blijven, denk ik, ze hebben me eigenlijk nog niet verteld dat ik mee mag... maar het blijft in mijn hoofd rondspoken.'

'Mmm...' zei Irene, 'het zou wel een pokkenstraf zijn voor je luistervinken, als je niet mocht gaan.'

'Zeg dat niet!' zei Biddy. 'Durf het zelfs niet te denken!'

Tijdens de middagpauze klonken overal op de speelplaats het gezoef van het touwtjespringen en de liedjes die erbij hoorden. De spelers vormden een rij en sprongen één voor één, terwijl aan elk eind een meisje met de koord bleef draaien. Vandaag waren er elf springers, die gelijkmatig over de koord sprongen. Ze wilden het schoolrecord breken.

Repelsteel, haartjes geel,
ging naar boven, kuste een kameel,
kuste kuste ademloos,
hoeveel mensen werden boos?
Eén, twee, drie, vier...'

De meisjes hielden elkaar bij de hand vast en sprongen telkens als de koord tegen het asfalt zwiepte: zoef, hup, zoef, hup. *'...vijfenzestig, zesenzestig...'*

'Verdomme, Biddy! Je hebt op de koord getrapt!' Sandy Stevens was woedend. 'Nog maar drie keer springen en we hadden het record gebroken!'

'Kom mee', zei Irene, terwijl ze Biddy bij de hand nam. 'Jenny en Louise kunnen in onze plaats springen. Ik wil je iets vertellen.'

Samen wandelden ze voorbij het klimrek en gingen op de oude betonnen buizen onder de dennen zitten.

'Weet je nog hoe we ons vaak door de buizen wrongen en hoe jij op een keer in die ene daar klem raakte, Biddy?'

'Ja hoor, en *jij*, mijn beste vriendin, liet me daar achter toen de bel ging. We zaten toen in de tweede klas, want het was mevrouw Clark die me eruit moest komen sleuren. Ik denk niet dat we er nu nog door zouden raken. Maar goed, wat wil je me vertellen?'

Biddy wist dat Irenes familie, de Rivers, een geheim had dat iets te maken had met de landtong. Ze werd er zenuwachtig van. Als Irene had besloten om haar het geheim te vertellen, dan was er iets ernstigs aan de hand. Niets om mee te lachen of domme vragen over te stellen of verder te vertellen. Nooit ofte nimmer.
'Weet je wat, ik zal jouw haar vlechten terwijl jij vertelt. Goed?' Ze ging achter Irene zitten en verdeelde haar dikke zwarte haardos in drie strengen. Irenes haar was net zo zwart en krullerig als dat van Biddy blond en sluik was. Als kleine meisjes fantaseerden ze dat, als ze paarden waren geweest, Irene een Arabische volbloed zou zijn - donker, elegant en met een fijn beendergestel - en Biddy een roomkleurig, gedrongen renpaard.
'Ooit had ik een tante en een babyneefje, en ze verdwenen. Heeft je moeder je daar ooit iets over verteld?'
'Nee, maar ik heb haar en papa eens horen...'
'Had ik het niet gedacht, juffrouw Luistervink!'
'Ze heette Joycie, niet?'
'Ja. Vandaag is het de verjaardag van haar baby, papa had het erover bij het ontbijt. Hij zou nu negen jaar oud zijn, net iets jonger dan ik. De mensen zeggen dat Joycie gek was, maar papa beweert van niet. Ze was gewoon ánders. Van paarden en vee kreeg ze alles gedaan. Toen ze nog maar een kind was, heeft ze eens een kerel gered die op

de Verschrikkelijke Berg was verdwaald. Al de anderen gingen hem zoeken in het moerasland, maar Joycie liep met de honden de andere kant op en ze kwamen zijn geur op het spoor. Zij en papa woonden ginds op de landtong toen ze nog kinderen waren. Pops, dat is mijn grootvader, was daar houtvester. Hij hield een oogje in het zeil en bediende de vuurtoren. Joycie en Mick gingen niet naar school. Pops leerde ze lezen en schrijven en rekenen, en voor de rest zwierven ze gewoon op de landtong rond. Papa beweert dat er nauwelijks een plekje te vinden is waar ze niet zijn geweest. Ze kenden al de vogels en dieren, al de planten, kreken en stranden.'

'Dat moet toch geweldig geweest zijn, niet?' Biddy's ogen begonnen te schitteren. 'Zo hebben onze vaders elkaar leren kennen, Irene. Papa en opa gingen altijd bij de blokhut van jouw opa kamperen als ze het vee naar de landtong brachten. Ik hoorde papa ooit vertellen hoe hij en Joycie en jouw papa er eens met de honden tussenuit knepen en zich in de nesten werkten.'

'Ja, dat klopt. Maar hou eens op met me te onderbreken. Wel, toen papa oud genoeg was om naar de middelbare school te gaan, begonnen de leerkrachten moeilijk te doen en Pops moest dichter bij de stad gaan wonen, dan konden zijn kinderen fatsoenlijk onderwijs krijgen. Papa zegt dat hij er alleen maar leerde hoe hij moest vechten. Dat was in het jaar dat de oorlog eindigde. De houtvesterspost werd toen voor een tijdje gesloten, ze hadden er dus toch niet kunnen blijven.'

'Ze waren nog heel jong toen hun moeder stierf, hè?' vroeg Biddy. 'Ze zou nu je grootmoeder geweest zijn.'

'Ja. Ze werd door een tijgerslang gebeten. En daardoor

begon Joycie zich zo vreemd te gedragen, denkt papa. Het was alsof ze geen vertrouwen meer had in het leven. Als haar mama zomaar kon sterven – wel, dan kon er eender wat gebeuren. Hoe dan ook, Joycie haatte de school. Ze wilde gewoon terug naar de landtong. Daar hoorde ze thuis. De stad was te hard voor haar. Je weet hoe daar altijd wel iemand hatelijk loopt te doen over wat iemand over iemand anders heeft gezegd. Joycie kon dat maar niet begrijpen. En die van de stad konden niet met haar overweg. Ze zag eruit als een wilde. Woeste haardos, rafelige kleren. Ze zat altijd boven in een boom of beneden in een konijnenpijp. Toen ze haar dwongen op school te blijven, huilde ze de godganse dag. Ze bracht daarbij geen geluid uit, zei papa, ze zat daar maar uit het raam te kijken terwijl dikke tranen over haar wangen rolden.'

Irene had zelf dikke tranen in haar ogen. Biddy reikte haar haar zakdoek aan; haar geld voor het middageten zat in een hoekpunt geknoopt.

'Neem het andere eind,' zei ze, 'maar blijf vertellen.'

'Joycie kreeg een liefje toen ze nog heel jong was, nog maar zestien ongeveer. Ron Byrnes was ook iemand met een teer hartje. De mensen zeiden dat ze goed bij elkaar pasten; allebei niet goed snik. En toen – zo drukte papa het uit – hoera, verrassing: van het een kwam het ander en Joycie was in verwachting. Ze trouwden en gingen in het huisje bij de veiling wonen. Dat kleine groene. Ze kwamen niet veel onder de mensen, omdat de meesten vonden dat Joycie getikt was. Op een dag liep ze de ijzer-winkel binnen toen ze net haar strikken had gecontro-leerd, en het bloed van de gevangen konijnen besmeurde de zaadcatalogus van mevrouw Hodgin. Op een andere keer beweerde de bakker dat ze een gebakje of zoiets had gestolen, maar papa zei dat Joycie dat nooit zou doen. Ze was door en door eerlijk. Ron werkte op de molen. Pops hielp hen vaak en toen de kleine Joe werd geboren, zag het ernaar uit dat alles nog goed zou aflopen. En wat er toen gebeurde, was verschrikkelijk.'

'Je bedoelt dat gevecht in de pub?' vroeg Biddy.

'Nee, dat is wat iedereen beweert, en dan lijkt het wel of Ron een dronkelap was. Maar Ron kwam nooit in de pub, hij dronk helemaal geen alcohol. Het vee van iemand was uit de weiden losgebroken en Ron ging die kerel in de pub waarschuwen, dat was alles. Hij bewees gewoon iemand een dienst. Hij liep de pub binnen en kwam midden in een gevecht terecht. Een of andere woeste smeerlap draaide zich om en gaf hem een oplawaai. Ron sloeg met zijn hoofd tegen de vloer. Brute pech. Hij stierf ter plekke.'

'Wie had het gedaan? Vloog hij de gevangenis in?'

'Voor een tijdje, maar het was gewoon doodslag, geen moord. Daarvoor sluiten ze je niet voor de rest van je leven op. Omdat het niet echt je bedoeling was om iemand te doden. De kerel was niet van hier, hij passeerde toevallig. Joycie zag eruit als een zombie, zei papa. Bij de begrafenis moest hij haar overeind houden, ze kon niet op haar benen blijven staan. Hij en mama haalden haar spullen op en namen haar en de baby in huis. Ik was toen nog een kleuter. Toen mijn ouders op een ochtend opstonden, ongeveer zes maand na de dood van Ron, waren Joycie en Joe verdwenen. Ze vonden de oude vrachtwagen van Pops beneden bij de pier, en de roeiboot van Thompson was weg. Ze dachten dat Joycie terug was gegaan naar de landtong, maar er stond die avond een stevige oostenwind en de zee was zo woelig dat er geen boot kon uitvaren om ze te gaan zoeken. Een dag later vonden ze de roeiboot. Hij dreef ondersteboven bij de ingang van de baai.'

'Hebben ze hen nooit teruggevonden?' vroeg Biddy met een onderdrukte snik.

'Nee, ze waren verdwenen. De roeispanen en wat onderdelen spoelden aan op de stranden, maar niemand heeft ooit Joycie of haar baby teruggezien. Heel de kustlijn hebben ze afgezocht naar sporen, voor het geval dat ze toch aan land waren gegaan, en papa en Pops doorkruisten wekenlang de landtong. Ze zochten op alle plekken van vroeger, maar Joycie en haar baby waren niet te vinden.'

'Irene, wat een droevig verhaal.'

'Ja, droevig, maar ik geloof niet in de afloop. Ik denk niet dat ze verdronken zijn.'

HET VERHAAL VAN OPA

Vanuit de verduisterde gang gluurde Biddy de werkkamer in. Ze zag haar grootvader op de sofa dutten. Tigger lag languit op hem en haakte met zijn poten gelukzalig in opa's dikke wollen trui. Het haardvuur weerkaatste in de leesbril, die scheef op opa's verweerde gezicht stond, en overgoot alles met een warme gloed.

Biddy schuifelde op haar sokken de kamer in en bleef toen staan om het tafereeltje in zich op te nemen. Opa was heel oud. Hij was er altijd al geweest, in dit huis, al van toen ze nog een baby was. Ze kon zich niet voorstellen hoe het zou zijn als hij er niet meer was. Ze kon het niet eens over haar hart krijgen om de woorden 'als hij stierf' te denken.

De kamer rook naar pijptabak, leer, muffe boeken, eucalyptusolie en de lijfgeur van opa. Ze had altijd de indruk dat hij naar hooi rook.

De dennenhouten wanden waren bedekt met een wirwar van rekken, schilderijen en foto's. Biddy kende ze allemaal: de paarden, de prijsstieren, vrienden in uniform, gedichten, krantenknipsels, kalenders van jaren terug met in de marge gekrabbelde geldbedragen voor ossen. Er hing een serie bruin verkleurde foto's van haar vader, van baby tot jongeman, en altijd zat hij op een paard – een reeks paarden die geleidelijk groter werden.

Hetzelfde gold voor de foto's van Biddy. Op de oudste foto's zat ze hoog op een kussentje op de voorste zadelboog van haar vader. Een baby die nog op haar duim zoog, in evenwicht gehouden door zijn arm. Volgens haar moeder leek het wel of ze op een paard geboren was. Biddy kon zich geen periode in haar leven herinneren zonder paarden.

Boven het haardvuur prijkte het voorwerp dat haar het allerdierbaarst was in het hele huis: een bronzen beeldje van een paard dat uit de zee kwam gegaloppeerd. De kunstenaar had de golven naar zijn poten laten opspringen als woeste honden en het paard was doodsbang. Elke spier bolde op en zijn manen wapperden als een vlag naar achteren.

Biddy liet haar vingers graag over de fijne lijnen glijden, en waar ze altijd wreef, glansde het brons door het dof geworden oppervlak.

'Vooruit, jongen, blijf lopen, het lukt je wel', fluisterde ze tegen het paard.

'Wat is er?' mompelde haar opa, terwijl hij zich bewoog. 'O, jij bent het. Een babbeltje aan het slaan met die ouwe hapklare brok?'

'Zo mag je hem niet noemen, opa. Volgens mij haalt hij het. Denk je ook niet? Kijk, nog maar één sprong en hij is op vaste zandgrond. Wisten we maar...'

'Mmm... als je grootmoeder nog leefde, kon ze het je vertellen. Ze bracht het mee toen ze weer eens was gaan winkelen. Kom hier, dat ik je eens goed kan bekijken. Mijn ogen zien niet meer zo scherp de laatste tijd.'

Biddy ging hoog op de zijleuning van de sofa zitten. 'Papa zegt dat jij nog altijd kunt zien of een koe in de verste wei het moeilijk heeft met kalven.'

'O ja? Dat heeft nochtans niets te maken met de scherp-
te van mijn blik, maar alles met weten waarop te letten,
met opmerkzaam zijn. Jij zult er ook nog wel goed in
worden, tenminste als je niet rondloopt als een kip zonder kop. Maar goed, heb je een leuke dag gehad?'
'Wel... Irene en ik hadden het vandaag op school over de
landtong. Denk je dat mama en papa me dit jaar mee laten gaan?'
'Mee waarheen?'
'Doe niet alsof je het niet doorhebt! Je weet het best. Het
vee bijeendrijven. Denk je dat ik mee mag?'
De oude man glimlachte en streelde de rossige kater op
zijn borst. 'Deze kater zou bijna perfect zijn, als hij niet
kwijlde wanneer hij het naar zijn zin heeft.'
'Perrrfect, zul je bedoelen, ha ha. Maar nog eens, denk je
dat ik mee mag?'
Met zijn misvormde hand klopte opa Biddy zachtjes op
haar rug. 'Wel, ik heb gehoord dat je het er gisteravond
heel goed vanaf hebt gebracht met die koeien. Ik denk
wel dat je mee mag, liefje. Doodjammer dat ik te afgeta-
keld ben om met je mee te gaan, we zouden een goed
team vormen.'
'O opa, ik zal alles voor je onthouden. Dan zal ík aan joú
een verhaal kunnen vertellen, voor de verandering. Ga
jij me nu eentje vertellen? Ja? Vertel me *mijn* verhaal, dat
over Biddy's kamp. Daarna ga ik naar bed.'
'Goed, dromertje, nestel je maar tegen me aan.'
Biddy krulde zich op in opa's zij, met haar hoofd op zijn
benige schouder, en aaide de snorrende kater.
'Wel, je weet dat je genoemd bent naar een andere Biddy, die in vroeger dagen hier in deze streek heeft ge-

woond. Die Biddy zat eerst als dwangarbeidster op het eiland Tasmanië. Die arme sukkelaars hadden een hondenleven, moet je weten. Meestal hadden ze niet meer dan een paar broodkorsten gegapt en hup, een schip op en weg uit Engeland. Biddy en een paar andere veroordeelden ontsnapten uit Tasmanië. Ze kaapten een walvisboot en roeiden helemaal over de zeestraat naar het vasteland, naar hier. Het moet wel een wilde tocht geweest zijn, de zee kookt daar als een heksenketel. En ze waren beslist geen zeelui, maar gewone mensen. Hoe dan ook, ze geraakten toch over, maar de boot sloeg te pletter op de oostelijke punt van de landtong. Biddy was de enige overlevende. Ze ging ginds in haar eentje wonen, in een soort grot aan de voet van de Schaduwberg. Ze zal daar niet erg beschut zijn geweest tegen het slechte weer, als je het mij vraagt. Ze at wat ze kon vinden: schaaldieren, bessen, vis, insecten, maden...'

'Ah jakkes, opa, dat is niet waar. Ze at geen wormen!'

'Ik zweer het je! Als je uitgehongerd bent, eet je wat je kunt vinden. Het is trouwens allemaal goede kost. Het is alleen maar anders dan wat je gewoon bent. Waar was ik gebleven? O ja, ze woonde bijna een jaar daar in die wildernis, tot de broers Mason haar vonden. Indertijd hadden die een reusachtig stuk land voor hun vee, het strekte zich uit van de andere kant van de huidige stad tot de landtong. Ze reden daar toen rond, op zoek naar afgedwaalde koeien, en ze schrokken zich vast een aap toen Biddy plotseling vanachter een rots opdook. Ze was doodsbenauwd. Die veroordeelden werden heel slecht behandeld, zoals ik al zei. Vooral de vrouwen. Maar de Masons waren brave, fatsoenlijke kerels. Ze namen haar mee naar hun boerderij. Die stond vroeger op de grote vlakte, maar brandde af toen je vader nog een kind was. Alleen de oude eiken die ze hadden geplant, staan er nog.'

Biddy knikte. 'Ik ken die plek.'

'Wel, ze bleef daar als kokkin, en uiteindelijk verkregen de Masons gratie voor haar van de gouverneur. Maar ze keerde nooit terug naar Engeland. Ze bleef op de boerderij tot ze stierf, op hoge leeftijd. Jouw moeder dacht dat het je goed zou gaan in het leven als je de helft van die vrouw haar lef had, en daarom noemde ze je Biddy.'

DE VALLEI VAN JOYCIE

De vallei was kort en smal, bijna een kloof, maar zijn bodem was vlak en mosachtig. Aan het zuidelijke eind viel een door koraalvarens afgezoomde waterval over een kolossale rotswand. Hij had in de loop der tijden het graniet beneden uitgesleten en er een gladgeslepen holte gemaakt, als een badkuip. In de eerste zomermaanden lag Joycie daar vaak met haar baby om het water over hen heen te laten vloeien.

De poel stroomde over in een rivier, die door de vallei kronkelde voordat hij verdween in een torenhoog kluwen van rietgras en rietstengels. Dit was de kreek waar Joycie zich als kind door had gewurmd, tegen de stroming en riethalmen in ploeterend met de vastberadenheid van een zalm die stroomopwaarts zwemt. Alsof ze gedreven was geweest door de behoefte om zich in te graven, om een schuilplaats te zoeken. Als ze niet zo klein was geweest, had ze de vallei nooit gevonden.

Op enkele stappen boven de poel liep een rotsplatform naar de basis van de steile rotswand, waar een smalle spleet naar de grot van Joycie leidde. Als kind al had ze deze grot gevonden, en toen al had ze zich voorgesteld wat voor een leuke thuis dit zou kunnen zijn... met het bed hier, de stookplaats daar, onder de spleet die doorliep tot de blote hemel. Toen was het een spelletje voor haar geweest, de droom van een klein meisje. Nu woonde ze er echt, en haar geheime vallei was precies zo geschikt als ze zich destijds had voorgesteld.

De vallei liep noordwaarts, zodat er altijd heel veel licht was. Hij lag knusjes tussen twee getande heuvelrijen, die zo overwoekerd waren door omgevallen bomen dat volgens Joycie geen mens ooit de moed zou hebben om eroverheen te klimmen om een kijkje te gaan nemen in haar vallei. En zelfs als iemand dat deed, dacht ze, zou hij niets anders zien dan boomtoppen.

Hoewel Joycie iets krankzinnigs had gedaan, was ze wel zo slim geweest het goed uit te voeren. Ze wilde iedereen doen geloven dat zij en haar baby waren verdronken, zodat ze alléén kon zijn, werkelijk alléén, tot het in haar hoofd was opgeklaard en ze zich weer sterk voelde. Toen ze de boot in de stroming had geduwd, die nacht dat ze was verdwenen, had ze er een paar extra zakken met voorraad in laten liggen. Het zou te verdacht zijn geweest als er helemaal niets van was aangespoeld. In de draagtassen die ze bij zich had gehouden, zaten de spullen die ze nodig had om te overleven. Ze had een bijl meegenomen, twee dekens, een oliejekker, een gietijzeren kookketel, een paar waterkannen, een aansteker, de naaidoos van haar moeder, een stevig mes en een slijpsteen, potloden, papier, haar kleine .22 geweer, munitie, een paar konijnenvallen en boeken. Boeken waren altijd haar vluchtweg uit de echte wereld geweest. Zonder die boeken of zonder haar strips had ze niet kunnen leven. Joycie was dol op de *Phantom*-strips. Ze had een stapel meegenomen, zorgvuldig opgeborgen in een waterdicht blik.

Haar dagen waren goed gevuld. Ze had het druk met het zoeken en koken van voedsel. Toen Joe nog klein was, hield ze hem bij dit alles op haar heup.

Veenmos was ideaal om de luiers van de baby vanbinnen te bekleden, gedroogde varens en zeewier vormden een comfortabel bed onder hun dekens, en de konijnen die Joycie kon strikken, leverden haar bont en vlees. Ze kreeg het nooit over haar hart om kangoeroes of wallaby's neer te schieten, omdat hun snuiten zo snoezig waren. Ze hoefde het trouwens niet te doen; in de baai kon ze zo gemakkelijk aan vissen en schaaldieren geraken dat ze altijd genoeg te eten hadden. Joycie roosterde de zaden van kangoeroegras en ganzenvoet, en plantjes van zilverbiet en rabarber had ze meegebracht. Als je die in je tuin had staan, had ze haar vader vaak horen zeggen, dan kon je altijd een maaltijd klaarmaken. Joycie plantte ze dicht bij de rivier. Ze bemestte de grond met zeewier en konijnenkeutels en de plantjes groeiden als onkruid.

De landtong had de vorm van een laars, met de baai bovenaan, het strand met de woeste branding aan de westkant en een reeks inhammen, door rotsneuzen van elkaar gescheiden, aan de oostkant. Door het midden van de landtong liep een gebroken keten bergen, waaromheen een ordeloze lappendeken van moerassen, vlaktes, zandduinen, wouden en valleien lag.

De houtvester woonde aan de westkust, waar ook de veedrijvers op en af reden. Daarom kwam Joycie daar niet vaak. Ze ontdekte een route die haar vanuit de vallei naar de oostelijke stranden bracht, en die gebruikte ze het vaakst. Ze sleepte wrakhout naar haar kamp en knutselde het aan elkaar tot een tafel, een bank, stoelen en een houten paard.

Op een winterdag spoelde een potvis aan. Maanden later, toen zijn vlees weggerot was, ondernam Joycie tocht na tocht om de reusachtige wervels naar haar kampplaats te dragen. Ze plaatste ze op een lange rij langs de rivier, en een van de favoriete spelletjes van Joe was om van de ene wervel op de andere te springen zonder de grond te raken.

'Je rent over een walvis!' riep Joycie hem toe. 'Kijk! Precies over zijn ruggengraat.' Ze hield zijn hand vast om zijn vingers over zijn eigen ruggengraat te laten glijden: net hetzelfde, maar zoveel kleiner.

In de loop der jaren begon de vallei er zo versierd uit te zien als het nest van een paradijsvogel. Toen Joe begon te lopen, waggelde hij achter Joycie aan over het strand. Ze speelden in het goudgele zand en liepen zo vaak de zee in dat Joe kon zwemmen als een jonge zeehond voor hij twee jaar was. Ze exploreerden de kristalheldere poelen vol anemonen, zeesterren, krabben en blaasjeskruid, die als juwelenkistjes tussen de rotsen verspreid lagen.

Elke dag liet de zee iets nieuws aanspoelen. Joycie reeg de gevonden schatten aan een vislijn. Met zee-egels, zeesterren, draakvissen en schelpen vervaardigde ze spinnenwebben, die aan de bomen rond hun verblijfplaats schommelden. Van aangespoeld koord en wrakhout maakte ze een schommel voor Joe. Een oud visnet toverde ze om tot een handige hangmat – in de zomer onder de schaduwrijke wortelbomen, in de winter naast het vuur in de grot. Elke dag moest ze iets om handen hebben, iets maken, of ze kreeg het op haar heupen.

De winter was de moeilijkste periode, vooral toen Joe nog klein was en het te koud en te nat was om hem mee naar buiten te nemen. Soms bleven ze dan dagenlang in de grot; ze tekenden, lazen, hielden het vuur aan het branden. Als het dagelijkse werk achter de rug was, kon Joycie uitrusten. Dan nestelde ze zich met Joe in de hangmat en dan speelden en zongen ze samen. Ze speelde zijn favoriete deuntjes op de oude mondharmonica, waarbij ze met haar voet de maat aangaf, en ze glimlachte terwijl hij zong en in het rond danste op zijn mollige beentjes.

Ze hield van de wildernis. Hoewel de droefheid in haar hart niet wegebde, voelde ze zich niet zoals in de stad opgejaagd, maar kalm en rustig.

Ron was wel honderd keer per dag in haar gedachten. De weinige tijd die ze samen hadden doorgebracht, leek haar nu een droom. Ze had een foto van hen beiden op hun trouwdag, in een zilveren lijstje. Ze zagen er zo gelukkig uit, met nog een heel leven voor zich. Dachten ze toen.

Ze miste ook haar broer en haar vader en praatte nog altijd hardop tegen hen. Ze had niet door hoe vaak ze zo liep te praten, tot ze op een dag Joe hoorde mompelen, terwijl hij in het zand zat te spelen: 'Het spijt me, Mick, het spijt me, papa.' Steeds opnieuw, met dat monotone babystemmetje. 'Het spijt me, Mick, het spijt me, papa.'

Joycie had geen kalender om de dagen te tellen, maar elk jaar als de paarse lissen begonnen te bloeien, trok ze met houtskool een streep op de wand van haar grot. Op de dag van Joes geboorte had ze uit het ziekenhuisraam gekeken en een bloeiend groepje lissen opgemerkt, en zo

31

herinnerde ze zich zijn verjaardag. Ze wist de datum, vijf oktober, maar ze kon niet precies uitmaken wanneer die viel. Ze wist alleen dat het tijd was om Joes verjaardag te vieren zodra de purperen lissen in bloei stonden.

Op een dag schrok ze hevig toen ze zich realiseerde dat er al acht strepen op de muur stonden.

Ze voelde zich daar op de landtong hecht verbonden met haar moeder. In het blauwzilveren blik, veilig weggeborgen in een kist in de grot, lag een foto van haar, waarop ze baby Joycie wiegde en stijfjes naar de camera glimlachte. Joycie wist dat het niet haar echte glimlach was. Het kwam gewoon door het gevoel dat een foto je opdrong: een grote verlegenheid omdat je zo intens bekeken werd. Haar moeder had een heel gevoelig gezicht met een zachte, olijfkleurige huid en krullerig zwart haar.

Op een andere foto stonden haar broer Mick en haar vader. Ze zaten allebei op een paard en keken met half dichtgeknepen ogen tegen de zon in, helemaal op hun gemak, met hun voeten naar voren en hun veedrijverszwepen in lussen over hun schouders, klaar om in actie te schieten. Joycies hart sloeg altijd een tel over als ze aan hen dacht. Ze vond het verschrikkelijk wat ze had gedaan. Ze nam zich elke keer weer voor terug te keren, om alles uit te leggen en hun verdriet te verzachten. Maar het viel haar altijd te moeilijk. Ze hield zichzelf voor dat ze toch bikkelhard waren, dat ze mannen waren. Haar vader was er toch ook niet onderdoor gegaan toen hun moeder was gestorven?

Maar het bleef aan haar vreten. Net als de stekende pijn die ze nu al bijna twee jaar lang voelde.

Toen ze die pijn voor het eerst voelde priemen, dacht ze dat ze te veel steenoesters had gegeten. De tweede keer gaf ze de schuld aan de wilde kersen. Maar de laatste keer dat de pijn had toegeslagen, was ze door haar knieën gezakt en had ze het doodsbenauwd gekregen. Voor het eerst dacht ze toen dat ze misschien niet anders kon dan teruggaan. In al de jaren dat ze in de vallei had gewoond, was haar grootste angst geweest dat Joe ernstig ziek zou worden, zo ziek dat ze hem niet meer zou kunnen genezen met olie van de theeboom of een vochtige doek. Maar dat was nooit gebeurd. Hij was altijd kerngezond gebleven. En nu liet haar lichaam haar in de steek. Joe kon haar niet verzorgen als ze ernstig ziek werd. Hij was nog maar acht jaar oud en te klein om voor zichzelf te zorgen.

Als ze daarover zat te piekeren, nam ze het schelpenhalssnoer van haar moeder uit het blik. Volgens haar vader was het afkomstig van Robbeneiland, nog voorbij de landtong. Het bestond uit honderden kleine schelpjes, allemaal zo lichtgevend groen dat het halssnoer leek te stralen alsof het over een eigen energiebron beschikte. Zelfs op de verbleekte sepiakleurige foto van haar moeder leek het op haar hals te gloeien. Het was Joycies dierbaarste schat.

LEVEN IN DE WILDERNIS

Joycie en Joe stonden met de zon op en gingen bij het vallen van de avond slapen. Naarmate Joe ouder werd, hadden ze steeds meer plezier samen. Ze visten met een speer in het ondiepe meer, lieten zich bij het strand op de branding drijven, lachten om de oude mierenegel die hun vallei bezocht. Hij was altijd zo aandachtig mieren aan het zoeken dat hij tot vlak bij hen kwam als ze roerloos op zijn weg bleven liggen. Op een keer grabbelde Joycie hem vast met haar trui, om zich niet te prikken aan zijn stekels, en ze legden hem op zijn rug en pulkten de teken uit zijn donzige buik. Zijn vacht leek wel bruin fluweel, zo zacht dat je hem nauwelijks voelde. Hij was schuw als een verlegen kind en bedekte zijn snuit met zijn klauwpootjes.

Hun vallei zat vol vogels. Ze waren niet bang voor Joycie en Joe. Ze fladderden aan alle kanten om hen heen en streken overal neer: winterkoninkjes, papegaaien, woudzangers, en hun favoriete vogel, de grijze zanglijster. Ze schoten alleen maar weg om te schuilen als de schaduw van een havik of een arend over de bodem van de vallei gleed. Joe kon al hun liedjes nabootsen, hij kende hun nesten en wist waar ze die bouwden. Hij en Joycie verzamelden veren en staken ze in spleten, overal in de grot.

Joe lag 's avonds in bed te kijken hoe ze wiegden in de luchtstroom van het vuur.

Joycie liet Joe de stapels mosselschelpen zien die waren achtergelaten door de mensen die duizenden jaren lang op de landtong hadden geleefd. 'Herinner je je de dingo's die we soms 's nachts horen?' vroeg ze. 'Hun gehuil? Wel, hun voorouders behoorden waarschijnlijk toe aan die mensen, vooral aan de vrouwen. Toen die mensen verdreven werden, zijn de honden verwilderd.'

Joe stelde zich graag voor dat er mensen op de landtong woonden, net als hij en Joycie.

Ze visten vooral op de rotsachtige oostelijke kust van de landtong, waar ze minder kans liepen om gezien te worden. Niet dat er veel mensen rondliepen. Soms zagen ze vee op de vlaktes achter de kust van de oceaan, en nu en dan legden boten aan om drinkwater te halen uit hun kleine kreek. Joycie verzamelde dan keutels van dingo's en verspreidde ze daar in het rietgras om de honden van de vissers op een dwaalspoor te brengen.

Eén keer waren ze bijna ontdekt door een groep mannen en vrouwen die zo stil door de duinen liepen dat Joycie en Joe pijlsnel het struikgewas in moesten vluchten en hun oesters nog in de schalen op het strand moesten achterlaten. De mensen kampeerden een week bij de Middelbron en gingen elke dag naar een andere plek om bloemen te verzamelen en foto's te nemen.

Op een dag sloop Joe hun kamp in toen ze op verkenning waren en neusde in zijn eentje rond. Hij kroop hun kleine tenten in en verbaasde zich over de zachtheid van hun slaapzakken. Hij doorzocht hun voedselvoorraad, propte zich vol met chocolade en spuugde de bittere koffie uit. Toen hij wegging, wiste hij zijn voetsporen uit met een tak, en zijn bezoekje zou geheim zijn gebleven als het mooie rode mes niet uit zijn hemd was gevallen toen Joycie hem 's avonds instopte. Ze had hem gezegd dat hij niets van hun spullen mocht aanraken, dat hij uit hun buurt moest blijven, en ze werd haast onpasselijk toen ze het Zwitserse legermes zag. Ze gaf Joe een klap, voor het eerst in haar leven, en vertelde hem vreselijke verhalen over wat mensen zouden uitspoken met jongetjes die ze betrapten terwijl ze in hun kamp rondsnuffelden. Daarna nam ze het mes, rende de nacht in en liet hem achter, snikkend en totaal in de war omdat ze zo tegen hem tekeer was gegaan.

Maar toen hij de volgende ochtend wakker werd, lachte ze alweer. 'Ik sloop naar hun kamp en ze zaten te praten over het mes. Zie je wel, ondeugende jongen, ze misten het al. Je kunt niet zomaar spullen stelen van mensen. Ik bleef zitten wachten tot ze gingen slapen en toen slingerde ik het mes, in een grote hoge boog, precies midden tussen de tenten. Ik stond op het punt weg te gaan toen plotseling uit een van de tenten een hoofd opdook. De man staarde naar het mes, dat daar in het licht van het vuur lag. Hij had het waarschijnlijk horen vallen. Hij kroop naar buiten, raapte het op en krabde zich in zijn haar. En hij bleef maar krabben!'

Joe bleef daarna uit hun buurt, maar hij zag wel dat het aardige lui waren. Ze leken te geven om deze plek en de dieren en planten die er waren, en hij kon de verhalen van Joycie echt niet geloven.

Hetzelfde gold voor de veedrijvers. Als ze het vee naar de landtong brachten of het weer kwamen ophalen, probeerde Joycie hem in de vallei te houden door hem te vertellen wat voor slechte mensen ze waren. Maar toen hij ouder werd, merkte hij dat het niet waar was.

Eigenlijk wist Joycie wel wie de veedrijvers waren. Het moesten de Frasers zijn. Toen ze nog een kind was, had ze vaak rondgelummeld met Dave Fraser. Maar dat ging ze niet aan Joes neus hangen. Dave was waarschijnlijk net als de anderen geworden.

Joe was vertrouwd met het vee – de hele winter lang liep het in de buurt rond – en hij amuseerde zich met het op te jagen als Joycie het niet zag. Maar de paarden, daar was Joe dol op – hun manen, hun zwiepende staarten en het vriendelijke knikje waarmee ze hem begroetten als hij 's avonds naar ze toe sloop om ze zachte klopjes te geven.

De laatste keer dat de veedrijvers opdaagden, trotseerde Joe zijn moeder en twee dagen lang schaduwde hij het vee en de paarden, tot ze vertrokken. Hij durfde zich niet te laten zien, maar 's avonds lag hij als een hongerige hond in het donker en verslond de flarden verhalen en liederen die kwamen aanwaaien van het kampvuur. En hij ging terug naar de vallei, vastbesloten om Joycie te doen inzien dat ze het verkeerd voorhad, dat deze mensen hem geen kwaad zouden doen. Maar ze was zo radeloos, zo gek van angst geworden, dat hij zelfs niet aan een begin van uitleg toekwam. Toen ze eindelijk kalmeerde, omhelsde ze hem heftig en begon in zijn haar te huilen. 'Ik dacht dat je verdwenen was, dat ze je meegenomen hadden', zei ze met een verstikte stem in zijn hals. 'Jij denkt dat ze er aardig uitzien, maar ik weet wel beter, ik heb in de stad gewoond. Zorg ervoor dat nooit, nooit ook maar iémand je te zien krijgt. Ze zullen je meenemen. Ze hebben je papa vermoord. Zelfs Pops heeft hem niet kunnen redden.'

Joe zuchtte en omhelsde haar innig. Vanaf nu was het niet meer Joycie die voor hem moest zorgen, maar hij voor Joycie.

Die avond zaten ze op de walvisrots die op Whiting Beach een eindje in zee stak. Joycie neuriede een deuntje, maar Joe viel niet in. Zijn hersenen werkten op volle toeren. Hij moest voorzichtig omspringen met Joycies angst. Hij kon nu niet anders dan hier te blijven en voor haar te zorgen. Maar hij werd door de lichten aan de overkant van de baai aangetrokken als een mot door een vlam.

De sterren stonden nog helder aan de nachtelijke hemel. Biddy zat bij het tuinhek op haar pony en wachtte ongeduldig op het vertrek naar de landtong. Nooit eerder was ze zo vroeg opgestaan, laat staan in het zadel geklommen. Door de bijtende wind was ze klaarwakker, maar de havermoutpap die ze voor haar ontbijt had gegeten en haar wollen handschoenen en pet en nieuwe oliejekker hielden haar lekker warm.

Bella was het niet gewoon om zo vroeg gezadeld te worden. Ze stampte en rukte aan de teugels, haar zilveren manen glinsterden in het licht dat uit het huis scheen.

'Ik wou dat je mee kon komen', riep Biddy naar haar grootvader.

Hij zag er zo oud en mager uit, zoals hij daar zat te wuiven vanuit de veranda, met Tigger die zich tegen zijn benen schurkte. Ze hoopte dat hij het goed zou stellen. Ze zouden maar één nachtje wegblijven, tegen donderdagavond zouden ze terug zijn met het vee.

'Een oude vent als ik zou alleen maar in de weg lopen. Je ziet er blits uit, Biddy, wat ik je brom! Knoop je oliejekker dicht, het zal ijskoud zijn op het strand.'

'Oké, laten we opschieten.' Biddy's papa spande een laatste riem aan bij Blue, het pakpaard, en sprong toen in het zadel. Gordon, zijn oude veedrijverspaard, bleef rustig staan. Het was een prima paard, gewillig en slim. Jaren geleden was papa met hem een moerassig gebied ingereden om vee te zoeken en hij kwam bijna vast te zitten, maar Gordon was eruit geraakt door de bodem stap voor stap met zijn hoef af te tasten tot hij zeker wist dat die zijn gewicht kon dragen.

'We zullen je morgen pas heel laat terugzien. Vergeet niet het hek naar het winterkwartier open te laten.'

'Natuurlijk laat ik het hek open!' Opa had het nooit kunnen hebben dat zijn zoon hem voorschreef wat hij moest doen. 'Als *jij* maar niet vergeet achter Mount Smokey te gaan kijken. Daar zitten altijd wel een paar afgedwaalde koeien. En kijk uit voor het drijfzand!'

'Komt in orde. Tot ziens, pa.'

'Zorg goed voor jezelf, pa', riep Biddy's mama, terwijl ze naar de teugels greep. 'Hou je taai.'

Ze keerden hun paarden en reden weg in de vroege ochtendschemering. Het pakpaard en de honden draafden achter hen aan. Biddy bleef zich in haar zadel omdraaien en naar de gestalte in de deuropening roepen. 'Tot ziens, opa. Zorg in mijn plaats voor Tigger. Tot ziens, opa. Ik hou van je.' Ze hield er pas mee op toen ze over de top van de lage heuvel achter de weiden reden en het huis niet meer konden zien.

Drie kleine gedaantes reden over de vlakte. De landtong was een vage vlek in het zuiden, en in het oosten lag het water van de baai, vlak en grijs. Biddy en haar ouders reden westwaarts, naar de ondiepe inham achter hun boerderij. Ze zouden het ruiterpad nemen dat over de klippen naar de kuststrook met de branding liep. Het was de enige manier om op de landtong te raken. Er was geen weg en de wadden in de uitlopers van de baai kon je niet oversteken.

Biddy kon zich geen heerlijker gevoel voorstellen dan op een goed paard een onbekend gebied binnen te rijden, met god weet welk avontuur in het vooruitzicht. Alsof je een ontdekkingsreiziger was, of een vogelvrijverklaarde. Had ze maar een revolver. Het zou geweldig zijn om in volle galop in het wilde weg op konijnen te schieten.

De lucht was net helder genoeg voor de paarden om hun weg te kunnen zoeken over het pad. Eerst draafden ze levenslustig en uitgelaten voort, maar na een tijdje begonnen ze in een regelmatig tempo te lopen. De zadeltassen op het pakpaard wipten op en neer op het ritme van de hoefslagen. Tegen de tijd dat ze door het struikgewas waren geraakt en op de kliftoppen aanbeland, vlamde de lucht in het oosten roze en oranje.

'Hé, mama!' gilde Biddy. 'Heeft de ochtend een roze lucht, dan slaken de herders een zucht! Wil zeggen dat het gaat regenen.'

Ze hield de teugels stevig vast en probeerde niet omlaag te kijken. Dit pad gebruikten ze alleen als het vloed was, zoals nu. Het was te smal om vee over te drijven: de koeien zouden elkaar verdringen en van het klif vallen. Biddy keek naar de kokende branding onder haar en huiverde. Als ze terugkwamen met het vee zou het eb zijn en konden ze over het strand rijden.

Het pad slingerde zich over de laatste klip en daalde toen steil naar het strand. Biddy leunde achterover en Bella gleed op haar achterhand over de zanderige helling naar beneden. Ah! Wat was het fijn om weer vlakke grond te voelen.

In de verte spetterde het zonlicht lovertjes over het water. Druilerige wolken hingen boven de pieken van de landtong. Het strand strekte zich eindeloos lang uit, mijlenver, vooraleer het in de zeemist verdween. De duinen torenden aan de ene kant en de branding beukte in op de andere. Een ijskoude wind kwam als een zweepslag recht van het zuidpoolgebied en striemde hun gezichten met zandkorrels en regendruppels. De vloed dwong hen langs de voet van de duinen te rijden, in zacht zand dat bevuild was door wrakhout en zeewier, daar achtergelaten door de wilde golven.

Biddy galoppeerde in het rond, op zoek naar schatten. Ze tuurde van dichtbij naar alle flessen, voor het geval dat er een boodschap in zou zitten.

Heel lang geleden had opa eens een krat bananen gevonden. Bananen waren in die tijd een luxe, vertelde hij Biddy, en dus hadden ze er zich mee volgepropt. Wat overbleef, hadden ze in hun zadeltassen gestoken. Een eindje verder langs het strand vonden ze nog een kist, ongeveer even groot als de eerste. Nog meer bananen, dachten ze. Ze rukten het deksel af... en troffen een lijk aan. Een of andere arme drommel had een begrafenis op zee gekregen en was aangespoeld. Opa beweerde dat hij sindsdien geen bananen meer had gegeten, maar Biddy wist zeker van wel.

Haar ouders reden naast elkaar, kalm en zwijgzaam. Hun paarden stapten stevig door, met hun koppen gebogen in de wind en de regenvlagen. Roetzwarte scholeksters en oeverlopers schoten heen en weer langs de vloedlijn, en krijsende zeemeeuwen, opgejaagd door de honden, beschreven kringen boven hun hoofden.

De tocht langs het strand nam de hele ochtend in beslag en ze waren opgelucht toen ze de beschuttende rimboe bij de kreek bereikten en eindelijk uit de huilende wind raakten. Het regende niet meer en ze spreidden hun olie-jekkers uit op de mossige oever en aten een hapje. Biddy was al moe, maar ze durfde het haar ouders niet te zeggen. Een waterig zonnetje piepte door de bewolking en het vuurtje dat haar moeder had aangelegd om een pan-netje water aan de kook te brengen, verwarmde haar. Broodjes met gemalen rundvlees uit blik, hete zoete thee zonder melk in een geschilferde emaillen kroes en een plak vruchtencake stilden haar honger. Thuis zou ze nooit thee zonder melk drinken, maar hier in de wilder-nis leek het precies de goede drank. Met hun drieën gin-gen ze gezellig bij elkaar liggen, als een leeuwenfamilie. Ze deden een dutje tot Top, de hond van Biddy's moe-der, hen wakker maakte toen hij probeerde in een tas met voedsel te wroeten.

'Blijf eruit, jij mormel!' bromde Billy. 'Dat is ons eten.'

'Hé Bid,' plaagde haar moeder, 'stel je voor dat hij al ons eten had opgevreten en wij ons moesten volproppen met eetbare larven tot we weer thuis zouden zijn!'

'Net als die Biddy naar wie ik ben genoemd. Ze woonde

hier ergens en overleefde op wat ze kon vinden. Dat heeft opa me verteld.'

's Middags reden ze door de schaars beboste ravijnen. Ze riepen op het vee en legden overal hoopjes zout. Deze koeien waren op het hoogland gefokt en ze waren eraan gewend uit het struikgewas te komen om het zout op te likken waar ze zo naar smachtten.

Biddy was het zoutmeisje. Op een open plek stond ze op Bella te wachten, die de zware zoutzak aan haar zadel-knop droeg. Ze riep op het vee. 'Zou-ou-out! Zou-ou-ou-t!' Telkens weer.

Een na een kwamen de stieren langzaam uit de ravijnen en van de bergkammen. Eerst waren ze op hun hoede, want ze hadden in maanden geen paard of ruiter meer ge-zien, maar al snel begonnen ze het zout van de grond te likken. Biddy reed intussen om de kudde heen om het vee samen te houden en met haar stemgeluid te kalmeren.

Haar ouders hadden de honden meegenomen om, elk in een andere richting, een paar afgelegen plekken te door-zoeken waarvan ze wisten dat het vee er graag kwam. Haar moeder nam Top mee, omdat die niet voor haar vader wilde werken, en haar vader nam Nugget mee, die niet voor haar moeder wilde werken. En geen van de twee wilde naar Biddy luisteren, wat haar pisnijdig maakte. Alsof ze vonden dat zij niet wist hoe de dingen aan te pakken. Ze kon fluiten en gillen tot ze er blauw van zag, ze gunden haar niet meer dan een heimelijke hondengrimas en gingen gewoon door met wat ze aan het doen waren.

Biddy hoopte dat haar ouders niet te lang zouden weg-blijven met de rest van het vee. De kudde was een beetje zenuwachtig. De stieren staarden de hele tijd naar goeie ouwe Blue, het pakpaard, dat aan een tuiertouw naast een grote hoop schorsvellen en rietgras stond. Alsof ze dachten dat hij twee koppen had en van plan was aan te vallen. Biddy begreep niet wat er zo bedreigend was aan Blue. Hij stond daar gewoon, ingedommeld, met één achterpoot in ruststand. Maar het vee bleef maar snui-ven en naar hem staren.

Eindelijk hoorde Biddy heel in de verte zwepen knallen en honden blaffen. Goed zo, of haar mama of haar papa zou zo dadelijk hier zijn, en dan zou het niet meer haar schuld zijn als het vee op hol sloeg. Al vlug kwam Lorna tevoorschijn uit het struikgewas. Ze joeg een uitgeputte troep stieren in hun richting. Het vee begon naar elkaar te loeien. Terwijl de twee kuddes zich mengden, vertelde Biddy haar moeder hoe het vee vol angst naar Blue had staan staren.

'Ik denk niet dat ze Blue in de gaten houden,' antwoord-de haar moeder, terwijl ze haar ene been over de voorste zadelboog wierp en haar paard Dusky een klopje gaf. 'Oef! Vee uit de ravijnen halen is zwaar werk. Het struik-gewas is zo dik dat je niet weet wat erin zit. Maar deze merrie is mijn lievelingspaard. Ze baant zich een weg door wat dan ook.'

'Als de koeien niet angstig naar Blue staren,' zei Biddy, 'waar zijn ze dan wél bang voor?'

'Waarschijnlijk voor iets in het struikgewas achter hem.'

'Waarom houdt Blue dat dan ook niet in de gaten?' drong Billy aan.

'Mmm.' Haar moeder dacht even na. 'Misschien is híj er niet bang voor.'

Even later kwam haar vader de open plek opgereden met nog meer vee. Zijn paard, Gordon, droop van het zweet. Het had schuim op zijn nek, waar de teugels heen en weer hadden geschuurd, en sperde zijn rode neusgaten open. Het deed Biddy denken aan opa's bronzen paard, met zijn glimmend natte lijf.

Een paar stieren waren enorm groot, met lange gedraaide hoorns. Ze staarden met een wilde blik voor zich uit en voerden schijnaanvallen uit op de paarden alvorens samen te troepen in het midden van de kudde.

'Ons oudje had gelijk!' riep haar vader. 'Deze acht idioten zaten achter de Mount Smoky. Aan hun hoorns te zien hebben ze daar twee jaar rondgezworven. Kijk uit, Biddy. Als ze in je buurt komen, maak je dan uit de voeten!'

'Ja, Bid, ze kunnen je echt verwonden', zei haar moeder. 'Maar ze zullen een pak geld opbrengen als we ze naar de markt kunnen brengen. Goed gewerkt, Dave.'

Het nam de rest van de middag in beslag om het vee naar de omheinde pachtterreinen te drijven. Die waren lang geleden aangelegd, met gevelde bomen als borstwering. In de loop der jaren hadden veedrijvers er steeds meer takken aan toegevoegd, om een kluwen van hout te verkrijgen waar zelfs de meest woeste stier niet doorheen kon.

Biddy's moeder telde de kudde op het terrein. 'Honderd vijfenzeventig', zei ze tegen Biddy en haar man, terwijl die de schuifbalken vastbonden. 'Als ik die extra acht meetel die jij hebt gehaald, moeten we er nog drieëndertig opsporen. Morgenochtend zullen we teruggaan naar een paar plekken waar we zout hebben gestrooid, om te zien of er daar nog iets te bespeuren valt. We hebben prima gewerkt, als een echt team!'

Biddy mocht niet van haar plaats komen. Ze zat op een lapje allerzachtst, heldergroen mos. Ze drukte het omlaag met haar vingers en keek toe hoe het weer omhoog veerde. Met haar rug leunde ze tegen een gladde granieten rolsteen en haar wollige kleren en oliejekker hielden haar nog altijd warm. Alleen haar koude voeten leken wel bevroren in haar laarzen, die al van vroeg op de dag doorweekt waren en niet meer droog raakten. Vanuit een theeboom fladderde een treklijster met een gele borstvlek door de laatste zonnestralen, die de acacia's in gloed zetten. De wereld leek van goud.
Lange schaduwen trokken er strepen door tot waar haar ouders de paarden stonden droog te wrijven. Biddy was wel begonnen met de verzorging van Bella, maar ze was zo ongeduldig en slechtgehumeurd van vermoeidheid dat haar moeder haar had bevolen te gaan zitten en uit te rusten. Haar vader zou zo dadelijk een vuurtje aanleggen, en na het eten zouden ze hun bundel uitrollen en naast het vuur gaan slapen. Zelfs het zenuwachtige vee was in de omheinde ruimte tot rust gekomen en de uitgeputte honden sliepen naast het pakpaard. Ze wisten waar hun avondeten was.

'Jij heimelijk mormel! Die verdomde hond heeft ons spek gestolen!'
Biddy werd wakker van het boze geschreeuw van haar

vader. Ze had er zelf ook de pest van in. Ze had zo uitge-
keken naar een ontbijt met spek en eieren. Ze dacht
nochtans niet dat Top iets had kunnen stelen, hij had de
hele nacht bij haar onder de dekens gelegen. Maar dat
ging ze haar moeder niet vertellen. Lorna zou knorrig
gaan doen als ze wist dat die vlooienzak van een hond bij
Biddy had geslapen.

Ze gaf hem een por om hem weg te krijgen en rukte aan
zijn halsband. 'Sorry, maatje, je zit in de nesten. Maar
liever jij dan ik. Bedankt dat je mijn voeten lekker warm
hebt gehouden.'

Zelfs zonder het spek smaakte het ontbijt. Biddy roosterde het brood op een lange vork van verbogen metaal-
draad en haar vader bakte eieren in de pan.

Haar moeder had intussen de paarden gezadeld en
kwam eraan. 'Joehoe! Dit ruikt lekker genoeg om op te
eten! O, jullie *zijn* het al naar binnen aan het werken.'

'Grappig hoor, mama. Jouw portie staat daar naast het
vuur', zei Biddy. 'Hoe is het met de paarden vanoch-
tend?'

'Goed, mmmm, goed. Je hebt hun manen heel mooi gevlochten, vind ik. Heel kunstig. Heb je dat van Irene geleerd?'

Biddy kneep haar neus samen. 'Waar heb je het over? Ik
heb hun manen helemaal niet gevlochten. Vraag maar
aan papa. Ik ben net op.'

DE OPSLAGPLAATS

Joycie wist hoe ze moest leven van wat de natuur te bieden had, maar zij en Joe zouden zonder hun bijkomende voedingsbron maar magere jaren hebben gekend. Al zo lang als Joycie zich kon herinneren, woonde gekke Dan op de zuidpunt van de landtong. Hij was een oude, mensenschuwe kluizenaar, die jaren geleden een primitief houten huis voor zichzelf had gebouwd. Als kind hadden Joycie en haar broer een liedje over hem gemaakt – *Dan Dan de vieze man waste zijn gezicht in een koekenpan* – en hun vader had hen toen zonder eten naar bed gestuurd omdat ze zo gemeen waren geweest.

Pops was een van de weinigen die hem ooit hadden gezien, en toen hij nog houtvester was, deed hij de voorraadkamer nooit op slot, om de oude kerel de gelegenheid te geven zich te bevoorraden. Niemand had er ooit iets van gezegd, tot op deze dag, maar iedereen wist dat het tot een van de taken van de houtvester behoorde om de opslagplaats open te laten voor Dan. Zo zat het nu eenmaal in elkaar.

Joycie stal gewoon ook uit diezelfde voorraadkamer. Toen Joe nog een baby was en ze hem de hele dag lang moest dragen om er te geraken, was het een karwei, maar later kregen ze er lol in. 'Wil je naar de winkel, Jozz?' zei Joe dan bijvoorbeeld. 'We zitten zonder suiker.'

Ze haalden er ook hun kleren. Toen Joycie uit de stad was weggevlucht, had ze wat babykleren voor Joe ingepakt, maar niets groters. Nooit had ze kunnen denken dat ze jarenlang in afzondering zouden wonen, en dus moest ze, toen Joe groter werd, haar eigen hemden en broeken verknippen om ze hem te doen passen. Ze zagen er raar uit, maar ze zaten gemakkelijk en hielden hem warm.

Joycie voerde hun jassen met konijnenhuiden en naaide in de winter ook met bont gevoerde mocassins. Joe had nooit schoenen gedragen, en Jocyie ook al jaren niet meer. Hun voeten waren zo vereelt en verhard dat ze er niet meer echt als voeten uitzagen, eerder als hoeven. Bij koud weer was het een genot om de zachte, met bont gevoerde laarzen aan te trekken.

In de loop der jaren bleef Joycie hun kleren herstellen en gaten stoppen en lap over lap naaien, maar uiteindelijk waren ze tot op de draad versleten. De opslagplaats was de enige uitkomst.

'Arme ouwe Dan', lachte Joycie toen ze een werkbroek van de houtvester aantrok. 'Ze zullen denken dat hij inhalig wordt.'

Bij die bezoekjes bleven ze lang op de heuvel achter de gebouwtjes liggen kijken, om er zeker van te zijn dat de houtvester weg was. Als de hond niet aan de ketting lag, gingen ze nooit naar binnen en de terugreis met lege handen leek dan eindeloos. Maar de hond aan de ketting betekende dat de houtvester op pad was, en dan daalden ze af om hun voorraden in te slaan. Poedermelk, thee, bloem, suiker, lucifers – niemand leek op te merken dat er een beetje meer verdween. Toen de hond hen voor het eerst zag, werd hij dol en blafte hij zich de longen uit het lijf. Sindsdien zorgde Joycie er altijd voor dat ze een verse konijnenbout bij zich had, en hij werd hun kwispelstaartende en kwijlende vriend.

'Ik zou dolgraag een hond willen', zei Joe op een dag, terwijl hij in zijn gele ogen keek. 'Voor mijn part zo'n suffe als deze.'

Joycie fronste haar wenkbrauwen. 'Je kunt geen hond hebben. Jij en ik staan er alleen voor, Joe. Jij en ik.'

IN DE GROT

Buiten de grot striemden wind en regen door de rimboe. Joe lag in de hangmat en keek naar de schaduwen die de dansende vlammen over Joycies gezicht wierpen. Hij sneed een stuk inktvis in plakken en verpulverde de zachte witte schelp tussen zijn vingers, zonder er iets mee voor ogen te hebben. Zijn moeder was ziek. Vroeger had ze ook wel pijn gevoeld, maar niet zoals vandaag. Ze was vanmorgen ineengezakt op haar grote bed van drijfhout en was niet meer opgestaan. De hele middag had ze herhaald hoe verkild en ziek ze zich voelde en dus had hij een groot vuur aangelegd en al de dierenvellen en dekens op haar gelegd, maar ze bleef rillen. Nu sliep ze al een hele tijd. Misschien moest ze wat drinken. Ze zag er erg bleek uit.

'Jozz', fluisterde hij, terwijl hij zich vanuit de hangmat in haar richting boog. Ze bewoog niet. 'Jozz! Wakker worden!' Geen reactie. Met een sprong stond hij naast haar bed en hij schudde haar heftig heen en weer bij haar schouders. 'Je moet wakker worden, Jozzie! Alsjeblieft!' Voor hem werd ze altijd wakker. Ze stond altijd voor hem klaar. 'Jozz! Jozz! Kun je me horen?'

Hij legde zijn wang tegen haar gezicht en voelde haar rustige ademhaling. Mooi zo. Misschien moest ze gewoon eens goed lang slapen. Joe ging naast Joycie op het bed liggen, met zijn arm over haar heen en zijn gezicht weggestopt in haar haar. Als ik wakker word, zal ze genezen zijn, dacht hij. Dan zal ze genezen zijn.

Toen hij ontwaakte, raasde buiten de storm, maar in de grot was het rustig en stil. Het vuur gloeide nog nauwelijks en Joycie lag nog altijd precies zoals toen hij was gaan slapen. Ze voelde koud aan. Hij probeerde haar adem waar te nemen. Tevergeefs. Hij trok de dekens weg en drukte zijn oor tegen haar borst om een hartslag te horen. Niets. Met een ruk verplaatste hij zijn hoofd. Het was soms moeilijk om een hartslag te horen. Niets.

'Kom op, Jozz. Nee! Je mag niet...!' Hij nam haar hand en wreef ze tussen zijn handen, maar haar vingers waren kil en slap. Een wurgend-pijnlijk verdriet welde op in zijn keel. Hij kende de dood. Hij wist wanneer het leven uit een lichaam was weggevloeid.

Hij bleef lang geknield naast het bed zitten, met zijn hoofd tegen de borst van zijn moeder. Hij praatte tegen haar, hij huilde, hij jammerde.

Na een tijdje maakte hij het bed op en stopte de dekens in, hij duwde de resten van het vuur bij elkaar, raapte het kommetje van de vloer, zette alles op orde. Toen drong het tot hem door dat het nooit meer in orde zou komen. Dat het nooit meer hetzelfde zou worden. Dat hij alleen was.

Opeens voelde de grot aan als een graf, en zijn moeder... wel, dat daar was zijn moeder niet. Ze was weg. Zonder haar kon hij hier niet blijven.

Hij trok de grote reistas naar beneden en begon in te pakken, eerst in het wilde weg, maar daarna meer doordacht. De deken van konijnenpels, de *Phantom*-strips, de blauw- en zilverkleurige blikken bus, kleren, gereedschap, wat hij ook maar nodig zou hebben om... wat? Om te leven? Waar ging hij naartoe?

Hij droeg de tas naar de ingang van de grot en draaide zich toen om om alles nog eens in zich op te nemen. Er viel hem iets te binnen. Hij zocht in zijn reistas naar de bus, deed hem voorzichtig open en haalde er het halssnoer van het Robbeneiland uit. Hij liep terug naar het bed en legde de schelpen teder rond het gezicht van zijn moeder. Toen drukte hij zijn wang tegen haar wang en snoof voor het laatst de geur van haar mooie haar op.

De regen striemde zijn gezicht terwijl hij zijn tas op de verhoging buiten de grot zwierde. Hij tastte naar de hoop stenen die hij daar wist liggen. Een van Joycies *Phantom*-strips vertelde een verhaal over reuzentijgers, en toen hij nog heel klein was, bleven die maar in zijn hoofd rondspoken. Joycie had ermee gelachen en hem gerustgesteld, maar hij had erop gestaan dat ze stenen naar de grot sleepten, om zich te kunnen opsluiten achter een barricade als de tijgers ooit zouden aanvallen. De stenen waren daar al die tijd blijven liggen. En nu hoopte hij ze zorgvuldig op in de grotopening. Hij stapelde de ene op de andere en sloot de opening zodanig af dat zijn moeder niet meer gestoord kon worden.

De regen stroomde over zijn gezicht. Hij kon het zout van zijn tranen proeven. Zijn handen waren verkleumd. In het licht van de bliksemschichten zag hij dat de muur bijna af was. Hij smeerde natte aarde in de spleten en liet daarna zijn hoofd even tegen de stenen muur rusten. Hij wierp zijn tas over zijn schouder en begon moeizaam de vallei over te steken, voorbij het meertje, voorbij de schommel, voorbij de schelpen die rondtolden in de wind. Toen hij het pad naar boven nam, lichtte de wildernis op, blauwig en spookachtig, maar hij keek niet om.

Varens en takken zwiepten tegen hem aan terwijl hij zich een weg baande langs een woelige kreek. De regen geselde de aarde. Joe liep urenlang, zonder een bepaald doel. Gewoon maar lopen. Altijd maar verder. Hij had er geen idee van waar hij zich bevond. Toen hij even uitrustte in de luwte van een rots, hoorde hij een geluid boven het geraas van de storm uit. Hij luisterde aandachtig, en ja, vlak boven hem weerklonk een jankend geluid. Hij liet zijn tas achter en kroop de glibberige rots op. Hij schuurde zijn knieën open, maar voelde het nauwelijks door de kou. Hij tuurde in het halfduister van een lage grot. De wolken schoven uiteen en lieten maanlicht binnenvallen en hij zag het jong van een dingo, dat naast zijn moeder zacht zat te janken. Hij kroop onder het overhangende deel van de grot. Het jong ontblootte zijn tanden en gromde woest naar hem terwijl het achter zijn moeder wegkroop. Die bewoog niet. Joe legde zijn hand op haar en wist meteen dat ze al dagen dood was. Ze was koud en stijf. Joe snoof. Ze verspreidde een kwalijke geur. Hij kokhalsde bij de idee dat dit ook met Joycie zou gebeuren.

'Kom maar, kleintje', zei Joe zachtjes. 'Kom maar, kleintje. Wij hebben elkaar nodig, denk ik.' Hij greep de dingo, trok zich niets aan van de naaldscherpe tanden en hield hem stevig vast in de plooien van zijn hemd. Toen schoof hij kronkelend naar de rand van de grot, waar de lucht frisser was. Hij keek de nacht en de regen in en wiegde heen en weer, terwijl hij tegen het hondenjong bleef praten. 'Rustig maar, rustig maar, jonkie. Rustig, rustig. Er gebeurt je niks, maatje. Het komt best in orde.' Zo praatte Joycie altijd tegen hem als hij bang was van het donker.

Hij voelde er zich ook beter door. Na een tijdje begon het magere lijfje zich tegen hem aan te nestelen, en daarna doken een zwart neusje en twee glinsteroogjes op tussen de knopen van zijn hemd.

Toen de regen eindelijk in kracht afnam en de maan tevoorschijn kwam, klom Joe van de rots, terwijl hij het jong met één arm stevig tegen zich aan gedrukt hield.

Hij raapte zijn tas op en gleed als een schaduw door de wildernis.

MET HET VEE LANGS HET STRAND

Het vee ploeterde tussen de cajuputboompjes die in de ondiepe looizuurkleurige rivier groeiden. Enorme granieten zwerfkeien hingen dreigend over het water. Ze vertoonden slordige vlekken van oranje korstmos en waren zwart uitgeslagen van de regen die er al eeuwenlang op drupte. Aan beide kanten rezen de bergen steil op.

Biddy en haar ouders hadden in totaal tweehonderd en drie stuks vee bijeengedreven, wat betekende dat er vijf ontbraken. Misschien waren ze omgekomen, of misschien zaten ze verstopt in een afgelegen kloof die niet was doorzocht. De volgende herfst pas zouden ze dit kunnen uitzoeken.

Biddy reed langs het vee op, om ervoor te zorgen dat het de loop van de rivier stroomafwaarts bleef volgen. De rimboe hogerop was dichtbegroeid en doordesemde de vallei met hitte en de zware geur van vee, zweet en aarde.

Zodra ze op het strand kwamen, werd de lucht frisser. Toen de koeien de wijde zandvlakte in het oog kregen, zetten ze het op een drafje. Biddy ging over in korte galop om ze naar rechts te doen zwenken, in de richting van de boerderij. Ze vond het prettig om eindelijk uit de rimboe te zijn, in de openlucht, met uitzwermende zeemeeuwen voor haar uit. De wind was gaan liggen, een vriendelijk briesje kwam uit het zuiden en duwde dikke wolkentoefjes door de blauwe oktoberlucht. Het was een volmaakte dag.

Zodra de dieren allemaal op het strand waren en tot een kudde waren samengetroept, tastte Biddy in haar zadeltas naar de broodjes die haar moeder die ochtend had klaargemaakt. Vandaag zouden ze geen tijd hebben voor een lunchpauze. Met het laagtij in aantocht moesten ze opschieten, zolang het strand nog breed genoeg was. Zodra de vloed kwam opzetten, stroomde het water snel en diep tegen de kliffen. Jaren geleden was grootvader daar bij een ongewoon hoge vloed ingesloten geraakt. Als Biddy terugdacht aan het vee dat toen in de koude stroming was verdronken, kreeg ze er nog de rillingen van.

Het was geen moeilijke klus om het vee langs het strand op te drijven. De zandduinen waren zo steil als klippen, zodat het vee niet weer kon afwalen naar de wildernis. Biddy's papa reed aan de kop. Hij hield elke koe in toom die de neiging had te gaan rennen en tegelijk was hij voor de andere iets om achteraan te lopen. De Woestelingen – zoals ze de grote stieren van achter de Mount Smoky hadden gedoopt – liepen vlak achter hem, met hun kop in de lucht, loeiend. Telkens als Biddy wild geblaf en zweepslagen hoorde, wist ze dat er eentje probeerde los te breken en haar vader zijn veedrijverszweep krachtig liet knallen en de honden het beest voor de hoeven gingen lopen.

Het leek erop dat de honden een paar stuks nukkig vee wel prettig vonden; het bood hun een excuus om stevig toe te happen. Ze draafden voor de kudde uit en hielden over hun schouder de Woestelingen in de gaten, alsof ze wilden zeggen: 'Kom maar op, willen jullie het nog eens proberen? Vooruit, we zijn er klaar voor.' Het vee zou heel wat rustiger zijn tegen de tijd dat ze thuis arriveerden. 'Opvoeding' noemde haar vader het, en Biddy had de indruk dat hij er evenveel plezier in had als de honden.

Haar moeder reed achterop met het pakpaard, om de treuzelaars aan te porren. Biddy reed aan de zeezijde, ze spetterde voortdurend door het ondiepe water en joeg elke stier terug die naar de branding afdwaalde of halt hield om op het taaie gele wier te kauwen, dat door het getij op het strand was geworpen. Ze liet haar ene been over de voorste zadelboog rusten en vroeg zich opnieuw af wie er nu de vorige nacht de manen van de paarden had gevlochten. Ze was er zo goed als zeker van dat haar moeder en vader haar niet voor de gek hielden, en de vlechten waren niet zomaar knopen. De staart van Gordon was gevlochten op dezelfde manier als zij en Irene het met hun eigen haar deden, en het paard van haar moeder had een aflopende vlecht, die over zijn nek naar beneden golfde. De manen van Bella hadden drie dunne, afzonderlijke vlechten en in de uiteinden ervan waren gespikkelde veren vastgebonden. Dat zou ze ook weleens kunnen proberen als ze Irenes haar nog eens vlocht. Ze had een paar karmozijnrode parkietenveren, die er fantastisch zouden uitzien in haar zwarte haar. En misschien nog wat rode kralen...

'Biddy! Biddy!' De stem van haar moeder deed haar dagdroom uiteenspatten. 'Schiet in actie en haal dat vee van de zandbank!'

Zonder na te denken bracht Biddy Bella in handgalop door met haar tong te klakken en ze joeg achter de uitge- rekte groep afgedwaalde stieren aan. Bella legde haar oren plat terwijl ze het vee deed zwenken en ze keek de stieren vuil in de ogen.

'Terug naar jullie plaats! Vooruit!' gilde Biddy. 'Jullie kunnen niet eens zwemmen, kereltjes!'

Met roffelende hoeven stormde Bella langs de galoppe- rende stieren.

De voorbijschuivende wolken in de lucht weerspiegel- den in het natte zand, waardoor de grond zelf leek te be- wegen...

DRIJFZAND

Later probeerde Biddy zich te herinneren wat er was gebeurd. Er was niet één waarschuwing geweest, geen diep zand, geen moerassige plek. Gewoon wham! – recht erin. Het ene ogenblik galoppeerde Bella nog over vast zand, het volgende ogenblik kwam ze abrupt tot stilstand. Zo onverwacht dat Biddy over de kop van de pony werd geslingerd.

Eerst dacht ze dat Bella was gevallen, en daarom krabbelde ze overeind en porde de pony aan om hetzelfde te doen. 'Vooruit, Bella! Vooruit, meisje! Sta op!' Pas toen ze het zand aan haar benen voelde zuigen, realiseerde ze zich wat er was gebeurd.

'Mama!' gilde ze. 'Mama! Help! Bella is weggezakt! In drijfzand!'

Bella worstelde en zonk nog dieper, tot voorbij haar schoft.

'O God, alstublieft, ik beloof u wat u maar wilt. Laat haar alstublieft niet wegzinken! Vooruit, Bella! Eruit, meisje!'

Biddy sleurde aan de teugels. Bella zwoegde briesend en zoog wanhopig lucht naar binnen, maar ze kon zich niet bewegen. De teugels gleden over haar glibberige oren en Biddy viel languit in de modder. Daar lag ze, overdekt met zand, nat, snikkend. Haar moeder kwam aangereden en sprong van haar paard op het vaste zand.

'Vooruit, Bid. Sta op. Eens kijken of Blue haar eruit kan trekken.' Met een koord maakte ze een lus rond de borst van het oude pakpaard en ze wierp het eind ervan naar Biddy. 'Bind dit vast onder haar buikriem – waar die over de top van je zadel loopt. Als je plat op het zand gaat liggen, zink je niet echt weg.'

Biddy bewoog zich kronkelend naar Bella. De pony worstelde niet meer, maar haar zielige aanblik deed Biddy in snikken uitbarsten. Haar mooie manen waren samengeklit tot bruine kloddens en haar doodsbange ogen waren vuil van het zand. Gelukkig zonk ze niet verder meer weg.

'Niet bang zijn, meisje', zei Biddy sussend. 'Het komt vast in orde.'

De koord was zwaar en stijf, en haar handen bleven maar trillen. Ze deed haar handschoenen uit en wierp ze weg. 'Ik hoop maar dat deze riem het houdt, mama. Oké, jij trekt en ik duw.'

Lorna keerde Blue met zijn kop naar het strand en hij ging tegen de koord rond zijn borst hangen. Hij pootte zijn hoeven in het zand en sleurde uit alle macht... Opeens stortte hij naar voren – maar zonder Bella. Alleen de geknapte buikriem sleepte over de grond, aan het eind van de koord.

'Het lukt niet, mama!' gilde Biddy. 'De riem is gebroken! Bella is geen zier opgeschoven!'

Lorna dreef Blue opnieuw achteruit. Ze probeerde de koord van de riem te trekken, maar de knoop had zich te strak aangespannen. Ze vloekte nauwelijks hoorbaar. Ze wilde niet dat Biddy merkte hoe wanhopig ze zich voelde. 'Ik zal hem moeten lossnijden, Bid. Hou het nog een ogenblikje vol.'

Ze sneed de koord los met haar mes en wierp hem weer naar Biddy. 'We proberen het nog eens. Trek hem deze keer onder je zadel door, onder de zadelboog.'

Biddy bond de koord vast. Ze voelde zich zo traag en zo onhandig. Ze duwde tegen Bella's zij, maar zonder kracht. In al dat slijk kon ze geen steunpunt vinden. 'Vooruit, Blue, deze keer moet het lukken. Trek!'

Blue groef zijn hoeven weer in en worstelde tegen de koord aan. Hij hijgde kreunend en Bella kwam een beetje van haar plaats, maar toen sprong Blue – voor de tweede keer – zonder haar naar voren. Nu sleepte de koord het hele zadel mee.

'Biddy, liefje, ik vind het erg jammer, maar we zullen haar moeten achterlaten.'

'Wat?' Biddy worstelde zich uit het drijfzand, naar haar moeder die de koord in de zadeltas stond te proppen.

'Je mag haar hier niet achterlaten! Als de vloed komt opzetten, zal ze verdrinken!' schreeuwde Biddy. 'Ik ga papa halen! Hij krijgt Bella er wel uit.' Tranen stroomden over haar gezicht. Ze wilde wegrennen.

'Nee, Biddy.' Lorna sloeg haar armen om haar met modder besmeurde dochter. 'Hou op met je gespartel. Papa kan niet terugkeren. Hij moet voorop blijven rijden. En zelfs als hij terug zou komen, zou hij niets kunnen doen. Er is hier op dit ogenblik niets om een koord aan vast te binden. We kunnen toch geen koord om Bella's nek binden? Ze zou stikken. En haar staart zit volledig onder het zand. We moeten trouwens het vee van het strand zien te krijgen of we verliezen het...' Haar stem stierf weg.

'Je ging "ook" zeggen, is het niet? We verliezen het *ook*', zei Biddy op een verwijtende toon. 'Jij denkt dat Bella zal *verdrinken* als we haar hier achterlaten. Dat kunnen we toch niet doen!' Ze stak haar kin vooruit. 'Ik blijf.'

'Liefje, je kunt niet blijven.' Lorna haalde droge kleren uit de zadeltas. 'Hier, trek die aan. Je bent een meisje van tien en ik kan je hier niet in je eentje achterlaten. Kom, ik help je uit al die natte kleren terwijl ik je over Taffy vertel. Je kent het verhaal. Hij verdronk niet. Hij kwam weer naar huis.'

Het was of je een pop uitkleedde. Biddy was zo verdoofd en verkild dat ze gewoon suf naar Bella stond te staren en naar het verhaal luisterde terwijl haar moeder de door-weekte, modderige kleren van haar lichaam trok.

'Taffy was een bruingeel paard van opa, in de tijd dat pa-pa ongeveer zo oud was als jij. Een reusachtig paard, in de hoogte én in de breedte. Je oma zei vaak dat je op zijn rug het avondeten kon serveren. Ik meen me te herinne-ren dat hij één blauw oog had, maar zeker weet ik het niet. Ik ken het verhaal alleen maar zoals je papa het me heeft verteld. Taffy was zo rustig en vriendelijk dat papa en oma en opa soms voor de lol met hun drieën op hem gingen rijden.'

'Een driezitje', zei Biddy met een toonloze stem.

'Wat?'

'Een driezitje. Zoals een tweezitje, maar dan met drie.'

'O, ja.' Lorna was opgelucht dat Biddy luisterde, dat ze tenminste wat interesse toonde voor het verhaal. 'Hoe dan ook, op een dag bracht opa vee naar huis over het strand. Jouw papa was er niet bij, hij was nog te klein. Een man die Steve Begg heette, hielp opa. Hij reed op

Taffy. En net zoals jij raakten ze gevangen in het drijf-zand. Ze moesten Taffy achterlaten, net zoals wij Bella achterlaten, en Steve reed op het pakpaard naar huis, zo-als jij op Blue gaat rijden. Wel, ze kwamen erg laat thuis en jouw papa en oma kregen het vreselijk op de zenuwen toen ze hoorden dat Taffy in het drijfzand vastzat. Ze waren echt dol op dat paard. Ze zaten samen in de keu-ken te huilen en herinneringen op te halen aan Taffy en te vertellen wat voor een geweldig paard hij wel was ge-weest, maar over de vloed die bezig was de eenzame Taf-fy daar op het strand in te sluiten, repten ze met geen woord. Opa zei dat ze de moed niet mochten verliezen. Misschien, zei hij, misschien lost het zand zijn greep als de vloed opkomt, misschien wordt het zand vloeibaar-der en dan zal Taffy zich eruit kunnen worstelen en naar huis komen. Dat vrolijkte hen een beetje op, maar die avond gingen ze toch als een hoopje ellende naar bed, en jouw papa zei zelfs een gebedje voor Taffy. En 's och-tends, zeker weten, stond Taffy daar, bij het tuinhek. Hij had zich kunnen loswerken en had de vijftien mijl naar huis in zijn eentje afgelegd, in het donker.'

Ze knuffelde Biddy en trok een droge pet over haar hoofd. 'En dat is precies wat Bella ook gaat doen.'

Terwijl Biddy Blue besteeg en zich tussen de zadeltassen murwde, kreeg ze het niet over haar hart om een blik op Bella te werpen.

'Vertrek maar, Bid. Rijd langs de kudde op en vertel pa-pa wat er is gebeurd.' Lorna's stem stokte even. 'En blijf dan bij hem. Ik zal de staart van de kudde naar voren drijven.'

Hoe sneller Biddy uit de buurt van Bella is, hoe beter,

dacht ze. Het was verschrikkelijk om de pony achter te laten, half begraven. Ze worstelde niet meer, ze lag daar uitgeput, met doffe ogen en stotende adem. Lorna wist dat de kans groot was dat Bella zou verdrinken – ondanks het verhaal van Taffy.

Biddy bracht Blue in korte galop en ze spetterden langs het strand, met op en neer wippende zadeltassen. Bella hinnikte wanhopig terwijl ze wegreden. Toen Biddy omkeek, zagen haar betraande ogen niet meer dan een wazige grijze vorm op het zand. Ze liet Blue halt houden toen ze haar vader naderde en veegde haar ogen droog om nog eens om te kijken. Maar de zeemist had de pony opgeslokt en het hulpgeroep van Bella klonk steeds zwakker, tot het vervloog in het gebulder van de branding en de doordringende kreten van de vogels.

Met zijn ene arm wiegde opa haar teder, met zijn andere hield hij een kop hete chocolade tegen haar lippen. Het haardvuur verlichtte hun met tranen bevlekte gezichten terwijl Biddy hem vertelde wat er was gebeurd.

Opa had die avond gewacht en gewacht. Hij wist dat Biddy op ontploffen zou staan van al de dingen die ze hem wilde vertellen. Maar naarmate de avond verstreek, werd het hem duidelijk dat er hun een ramp moest zijn overkomen. Toen het geblaf van de honden hem eindelijk vertelde dat de veedrijvers terug waren, ging hij met de lantaarn naar buiten en hij nam Biddy mee naar binnen, terwijl haar ouders de paarden en het vee wegbrachten.

Biddy's gezicht stond grimmig. Ze snikte niet, maar de tranen bleven maar over haar gezicht rollen. Opa wikkelde een deken om haar heen en ging met haar bij het haardvuur zitten. Tigger landde met een lichte sprong op haar schoot, maar ze duwde hem weg.

'Ik heb haar gedood. Het is mijn schuld. Jij hebt me nog gewaarschuwd voor het drijfzand en ik heb niet opgelet, en nu gaat Bella verdrinken.'

'Hola, meisje,' zei opa, terwijl hij zachte klopjes op haar hoofd gaf, 'je mag niet zo streng zijn voor jezelf. Jij bent niet de eerste die in drijfzand terechtkomt en de laatste zul je ook niet zijn. Het is nog altijd mogelijk dat Bella terugkomt. Heeft mama je verteld van Taffy?'

Biddy knikte. 'Bella is vast vreselijk bang. Ik wou dat ik niet achter die stieren aan was gegaan, dan was dit niet gebeurd. Misschien als ik meer op mijn hoede was geweest...'

Opa zuchtte. 'Gebeurd is gebeurd. Je kunt de klok niet terugdraaien. Er zijn heel wat dingen die ik graag zou willen overdoen, maar zo zit het leven niet in elkaar. Kom, wip in bed en ga slapen. Hoogstwaarschijnlijk zal je pony terug zijn als je morgenochtend wakker wordt.'

Tigger sprong op het bed en deze keer mocht hij blijven en spinnen en zich onder de dekens in wroeten.

Haar moeder had haar een heetwaterkruik gebracht toen ze goedenacht kwam wensen, en Biddy hield hem tegen haar buik. De warmte doordrong haar lichaam, maar geraakte niet bij dat koude plekje in haar hart. Ik verlies Bella, ik verlies Bella...

De wind waaide weer uit het oosten. Ze hoorde hem kreunen in de bomen. Hij zou het zand over het strand zwiepen. In haar verbeelding zag ze de pony worstelen terwijl de koude golven tegen haar flanken sloegen. Ze verdreef het beeld.

Er viel een schaduw over de vloer toen haar vader op de rand van haar bed kwam zitten. 'Slaap wel, maatje.' Hij kuste haar zacht op haar hoofd. 'Je hebt je goed uit de slag getrokken. Echt waar. Je hebt ons prima geholpen. Je mag jezelf niet straffen. Bella is morgenochtend terug. Wacht even, ik ga iets halen dat je opmontert.'

Hij liep de gang op en kwam terug met het bronzen paard van opa. Hij zette het op Biddy's ladekast. 'Zo.

Kijk ernaar terwijl je in slaap valt. Dan zie je wat Bella gaat doen. Goedenacht, lieveling.'

Biddy lag in bed, uitgeput maar niet slaperig. Haar lichaam voelde alsof het van steen was. Uit de keuken kwamen flarden gesprek aanwaaien. De stemmen klonken gedempt en mat. Zelfs de acht grote stieren die veilig thuis waren geraakt en zoveel geld waard waren, konden er de stemming niet inbrengen.

'Ze hebben tegen me gelogen', zei Biddy tegen Tigger. 'Ze geloven niet écht dat Bella terug zal komen.'

Net op dat ogenblik deed opa het licht aan op zijn kamer en over de gang heen viel het op het bronzen paard. In een stralende lichtkrans galoppeerde het paard het strand op.

Er was iets wat Biddy uit een lange tunnel sleurde. Ze voelde zich nog zo moe, zo doodmoe, maar iets bleef haar aanporren om wakker te worden. En toen herinnerde ze het zich. Bella.

Ze deed haar ogen open. De zon was nog niet opgekomen, maar er was al genoeg licht om te kunnen zien.

Ze vloog haar bed uit, waardoor Tigger op de vloer neerplofte, rende de gang uit en naar buiten, en ginds bij het tuinhek stond... niets. Misschien was de pony bij de schuur, of bij de omheinde weien.

Op haar blote voeten hinkte Biddy zo snel mogelijk over het kiezelpad. Ze voelde de ijskoude wind niet en bleef maar roepen: 'Bella! Bellaaaa!'

Ze zocht achter de schuur, de cipressen en het kippenhok. Vorig jaar had ze Bella eens in het kippenhok aangetroffen, terwijl ze korrels stond op te vreten, en haar vader had voor de grap gezegd dat Bella misschien eieren ging leggen.

Het beeld van de bleke pony, bemodderd en uitgeput, bleef voor haar ogen zweven, maar Bella was er niet. Ze was niet naar huis gekomen.

Biddy liep over het pad langzaam terug naar het huis. Ze huilde geen stille tranen meer, maar jankte luid van wanhoop. Ze sloeg de achterdeur met een smak dicht en stormde de slaapkamer van haar ouders binnen. 'Bella is niet naar huis gekomen! Ze is er niet! Ik wist dat ik bij haar had moeten blijven!' Ze gaf een trap tegen de deur van de kleerkast. 'Jullie wisten wel dat ze er niet uit zou geraken, hè? Jullie hebben me wat wijsgemaakt om me naar huis te lokken, maar jullie wisten het. Ik haat jullie allebei. Jullie geven alleen maar om je vee!'

Ze bleef de hele ochtend op haar kamer, vloekend en snikkend. Ze kon horen hoe haar ouders in huis rondliepen en in de keuken met opa praatten, maar ze kwamen niet naar haar toe.

Tegen etenstijd kwam haar vader de kamer in. Met rode en gezwollen ogen keek Biddy op. 'Het spijt me, papa. Wat ik vanmorgen heb gezegd.'

Hij streelde haar verhitte hoofd. 'Trek het je niet aan, liefje. Luister, Bid, het zal nu wel weer eb zijn en je moeder en ik gaan over het strand terugrijden om eens rond te kijken, voor het geval Bella zich heeft kunnen bevrijden. Wil je met ons mee? Ik begrijp het best als je geen zin hebt.'

'Denk je dat er nog hoop is?' Op Biddy's betraande gezicht verscheen een glimp van opwinding.

'Nee, dat denk ik niet, om eerlijk te zijn. Niet meer. Maar ik wil het zeker weten.' Haar vader was altijd rechtuit. 'Ik vermoed dat we naar haar lijk zoeken. Daarom zei ik dat je misschien geen zin zou hebben om mee te komen.'

'Nee, ik ga mee!' Biddy begon zich aan te kleden. Zelfs een schijntje van een kans was beter dan niets.

De kleine open vrachtwagen reed zonder veel gehobbel over het strand. Gewoonlijk stond Biddy rechtop in de laadbak, speurend naar schelpen, maar daar had ze nu geen zin in. Zelfs niet toen haar vader stopte voor een helderwitte, half doorschijnende schelp in de vorm van een bootje, die broos op het zand lag.

Biddy vroeg zich af of ze zich voor de rest van haar leven zo zou voelen, alsof niets er nog toe deed.

'We zijn er bijna.' Haar vader klopte zachtjes op haar knie. 'Dat groot stuk drijfhout lag vlak voorbij de plek waar je me inhaalde.'

Biddy tuurde ingespannen voor zich uit, al was ze bang voor wat ze misschien te zien zou krijgen. In haar verbeelding zag ze een paardenlijf dat half in het zand begraven lag, of dat misschien heen en weer werd geslingerd door de golven. Maar toen ze dichterbij kwamen, zagen ze niets. Geen spoor van een pony.

'Op deze plek was het, Dave.' De stem van Lorna klonk schril. 'Kijk, de zandplaat. Daar zat ze vast. Stop hier, we gaan een kijkje nemen.'

Ze sprongen op het zand en Biddy staarde naar de oceaan. Was Bella daar ergens, verdronken en daarna weggedreven?

'Biddy! Lorna! Kom eens hier!' Haar vader stond hoog op het strand, waar al het drijfhout en zeewier aangespoeld lagen. Ze liepen naar hem toe, zwoegend door het rulle zand.

'Kijk! Sporen!'

Biddy moest heel lang naar het zand kijken voordat de sporen enige betekenis voor haar kregen. Ze snakte luid naar adem toen ze het doorhad. Vanuit de vloedlijn kwamen de hoefafdrukken van Bella, maar erlangs liepen nog twee andere reeksen sporen!

Voetafdrukken, kleine voetafdrukken van een mens, en de pootafdrukken van een hond.

'Wel, heb je van je leven...' begon de vader van Biddy.

'Mama,' fluisterde Biddy, 'mijn paard is gered door toverfeeën.'

'Weet je zeker dat het een voetafdruk was? Van een mens?' vroeg opa, die bij het avondeten maar bleef doorbomen over wat er was gebeurd. 'Daar woont niemand. Alleen de houtvester, een eind verder op zijn post, en die heeft geen kinderen. En dan nog de oude Dan. Weet je wel zeker dat het geen...'

'Ik heb de sporen *gezien*, pa. Wij allemaal trouwens. We zijn ze gevolgd tot in de duinen, tot ze doodliepen in dat leisteenachtige gebied.' De vader van Biddy bestudeerde een kaart van de kaap terwijl hij praatte. 'Het zal niet gemakkelijk zijn om ze op te sporen. Het stikt daar van de kleine ravijnen en moerassen vol cajuputbomen.'

'Wie kan er toch bij Bella zijn?' zei Lorna nadenkend. 'Wie kan er zo klein zijn en toch in dat niemandsland rondzwerven?'

Biddy had nauwelijks een woord gezegd sinds ze de sporen op het strand hadden gevonden. De hele weg terug had ze in de vrachtwagen tussen haar ouders gezeten, terwijl slechts één enkele gedachte door haar hoofd spookte: Bella is nog in leven, Bella is nog in leven! Nu keek ze op van haar bord, nog altijd stralend van geluk, en bezorgde haar familie een schok.

'Ik weet wie Bella heeft gered. Ik wed dat het de baby van Joycie was.'

DE EENZAAMHEID VAN JOE

Joe keerde nooit meer terug naar de geheime vallei, zijn thuis. De ochtend nadat Joycie was gestorven, bereikte hij de Middelbron en daar bleef hij een hele tijd. Hij speelde met het dingojong, viste in het meer, bouwde een primitieve schuilplaats, wandelde naar de keet van de houtvester om voorraden in te slaan en... wachtte tot er iets zou gebeuren. Hij kon toch niet gewoon naar de houtvester gaan, of naar de stad, en zeggen: 'Ik ben Joe.' Wat als Joycie gelijk had gehad? Misschien was het inderdaad gevaarlijk.

's Avonds miste hij Jozz het meest, en hij stelde zich voor hoe het in de vallei was zonder hen. De vogeltjes zouden hun etensrestjes missen. De konijnen zouden alle zilverbieten wel opgegeten hebben, nu hij er niet meer was om de omheining te herstellen. Hij keek naar de maan. Het zou er nu heel rustig zijn. Hij en Joycie lagen in de vallei vaak op hun rug op de grond te kijken naar de suikervogels die door de maan vlogen. Vanavond zouden ze vast weer vliegen.

Zonder het hondenjong zou Joe gestorven zijn van eenzaamheid. Hij noemde hem Duivel, naar de hond uit de *Phantom*-strips. Het dier had een mooie gouden kleur, iets bleker bij zijn keel, was gesteld op gezelschap en speelde graag. Hij leerde al jagen, hij klopte met zijn poot op afgevallen bladeren om hagedissen uit hun schuilplaats te jagen en ze dan als een gek na te hollen door het hoge zomergras. 's Avonds vlijde hij zich naast Joe neer, en soms maakte hij hem wakker door met zijn snuitharen zachtjes over zijn gezicht te wrijven. Alles wat hij ving, bracht hij naar Joe om het met hem te delen – ook al was Joe niet erg dol op verminkte hagedis. Duivel verwachtte dat Joe ook zijn voedsel met hem deelde. Als Joe hem niets gaf, of maar een heel klein stukje, dan keek Duivel hem aan, met schuin opgeheven kop, als wilde hij zeggen: 'Wel, waar zijn je manieren? Tel ik niet meer mee?' Hij blafte of jankte nooit, maar zijn ogen en de uitdrukking van zijn snuit maakten Joe altijd precies duidelijk wat er in zijn kop omging.

Een van zijn favoriete spelletjes was naderbij te sluipen om een of ander klein voorwerp te stelen. Dan rende hij er als een gek mee in het rond, terwijl Joe hem probeerde te vangen. Op een avond, toen Joe zat te dommelen voor het vuur, trok Duivel zijn slippers van zijn voeten en ging er met een grijns mee aan de andere kant van het vuur staan. Hij was gevoelig, slim, en erg grappig.

Later die zomer verhuisde Joe naar het estuarium achter de Rode Klif. Hij kon er gemakkelijk vis en oesters vangen en de nachten waren warm genoeg om onder de blote hemel te slapen. Elke avond kwam een groep pelikanen in losse slagorde aangevlogen over de oceaan. Ze zagen eruit als schepen die naar beneden zweefden door de kleurrijke lucht. Joe moest altijd lachen als hij ze zag landen. Met veel gespetter spreidden ze hun poten met zwemvliezen en installeerden zich dan zacht op het wateroppervlak.

Toen het kouder werd en de dagen begonnen te korten, trokken Joe en Duivel door de cajuputbossen, op zoek naar een nieuwe plek om zich te vestigen. In dit deel van de kaap kwam nooit iemand. De ondergroei was zo dicht en warrig als een oud stuk visnet. De tunnelvormige paadjes die er doorheen kronkelden waren het werk van wombats en wallaby's, en Joe moest zich dubbel plooien om ze te kunnen volgen. Hier was nog nooit een jonge stier, een paard of een veedrijver geweest.

Hij vond een heel geschikte plek, een geul, diep in het moerassige gebied. Die stak iets boven het omringende drassige land uit, net als de vallei van Joycie, en ving al het licht van de noorderzon op. Hij werd omgeven door een zee van rietgras dat zo oud was dat het op de bodem matten had gevormd, waar de nieuwe scheuten doorheen groeiden. Joe moest over de bodemlaag klauteren, die bijna zo hoog was als hijzelf, en zich door de tweede groeilaag worstelen die boven hem uittorende. Hij had er de pest aan. De bladeren sneden in zijn kleren en handen, en hij wist dat het er krioelde van de slangen – waarschijnlijk tijgerslangen – en dat waren de enige dieren op de kaap waarvan hij echt bang was.

Op die plek bouwde hij een prachtig huisje met een dak. Twee zijden ervan bestonden uit granieten zwerfstenen, waarvan eentje zelfs met een waterstraaltje dat een natuurlijk gevormde kom aan de basis voedde. Joycie zou het prachtig gevonden hebben, lopend water binnenshuis. Joe propte takken van cajuputbomen tussen de rotsen en weefde rietgras en kleinere twijgen door de takken. Daarna sleepte hij op een groot stuk schors modder aan uit het moeras en smeerde handenvol ervan tussen de takken en twijgen. Toen het slijk was opgedroogd, kon zelfs geen zuchtje wind meer zijn huis in. Als dak legde hij takken bovenop de muren, waarover hij rietgras en schors bond. Het dak helde lichtjes, zodat de regen eraf stroomde en maar weinig druppels erdoorheen geraakten. Hij hing een grote zak in de deuropening, die hij verzwaarde met stenen om te beletten dat hij in de wind bewoog, en dat was dat. Hij had zijn eigen huis gebouwd.

Binnen was er net genoeg plaats voor zijn bed, een tafel, en een kleine stookplaats voor de winter die op komst was. Op het strand vond hij een aangespoeld petroleumblik, waarvan hij de voorkant wegsneed om houtjes te kunnen meenemen. De hut werd er prima door verhit, maar de rook was verstikkend. Toen hij weer eens naar de houtvesterspost ging om voorraad in te slaan, nam hij een oud stuk regenpijp mee dat achter de hut van de houtvester lag en maakte daarmee een gekromde afvoerpijp voor de rook.

Zijn bed was gemaakt van dikke cajuputstaken die op grote stenen rustten, met takjes en gras op de staken. De dikke aaneengenaaide deken van konijnenbont, die Joycie had gemaakt toen hij nog klein was, legde hij dubbelgevouwen bovenop, en het was hemels om er 's avonds onder te kruipen. De deken rook nog naar Joycie.

Toen het huis af was, bracht hij hele dagen door met het kappen en platbranden van een pad, zodat hij zich niet voortdurend door het rietgras moest worstelen.

Duivel liep altijd naast hem. Sommige nachten hoorden ze in de verte wilde honden huilen, en dan liep Duivel nerveus heen en weer in de buurt van het kamp, maar hij antwoordde nooit op het gehuil. Hij was een uitstekend jager geworden, waardoor ze haast elke dag vlees hadden om te roosteren. Hij besloop zijn prooi niet, maar hij lag altijd op de loer, en als hij iets in de gaten kreeg, flitste hij erachteraan. Joe vond die plotselinge uitbarsting van snelheid geweldig, en als het konijn of de wallaby kon ontsnappen, sprong Duivel met vier poten tegelijk omhoog om zijn prooi op te kunnen sporen. Hij zag er dan erg grappig uit, zoals hij de lucht in vloog en overal om zich heen spiedde. Zijn vangst droeg hij in zijn krachtige kaken terug naar het kamp en hij legde ze als een geschenk voor Joes voeten.

Maar met de dag werd Joe nieuwsgieriger naar die andere wereld. Hij las en herlas zijn gehavende boeken en stripalbums. Nu Joycie er niet meer was om hem voortdurend te vertellen over de gemeenheid van de mensen, begon zijn angst weg te ebben en kwam nieuwsgierigheid in de plaats. Hij was niet meer bang, alleen maar op zijn hoede. Joycie had met zoveel liefde over Mick en haar papa gepraat, dat hij wist dat hij bij hen welkom zou zijn.

De houtvester interesseerde hem niet. Joycie en hij hadden de man geschaduwd en ze hadden zo vaak gelachen met zijn gewoontes dat hij belachelijk leek. In de veedrijvers was Joe wél geïnteresseerd. In de herfst, toen ze het vee weer naar de kaap brachten, volgde hij elke beweging van hen. Hij luisterde hun gesprekken af, gaf hun mooie paarden zachte klopjes als ze 's avonds liepen te grazen, en stelde zich voor hoe hij naar hun kampvuur zou gaan.

Hij kon het goed vinden met hun honden, maar zijn eigen hond, zijn dingo, verdween zolang de veedrijvers er waren. Zelfs als Joe de moed had gevonden om met de mensen te gaan praten, dan nog kon hij Duivel toch niet zomaar in de steek laten.

Hij stal een oliejekker. Terwijl hij het deed, kon hij Joycie horen zeggen dat hij dat niet mocht doen, maar hij wilde hem hebben. De winter kwam eraan, en zijn kleren waren erg dun. Trouwens, hij had die vrouw, Lorna, horen zeggen dat het een reservejas was, dat hij van Biddy was. Hij kende die naam. Joycie had hem het verhaal verteld van de oude Biddy, en had hem de grot laten zien waarin ze was gaan schuilen, maar dat was lang geleden gebeurd. Dit moest een andere Biddy zijn.

De winter leek wel eeuwig te duren. Elke dag was het koud, en als de zon scheen was ze te zwak om wat dan ook op te warmen. Het bleef maar regenen. Joe deed de oliejekker nooit uit. De nachten leken eindeloos, en als de ochtend eindelijk aanbrak, kon hij er zich vaak niet toe brengen om op te staan. Alles ging hem moeilijk af: jagen, koken, zich wassen... Naar de houtvesterspost gaan – wat met Joycie altijd zo'n avontuur was geweest – was nu gewoon een noodzakelijk karwei. Soms bleef hij in het gebouw rondhangen en fantaseerde dat hij er niet meer weg moest, dat hij gewoon bij de hete kachel kon blijven zitten.

Op de eerste warme dag ging hij naar het strand met de branding. Hij dacht dat hij met een stevige zwempartij de vermoeidheid die over hem hing van zich af kon schudden.

Op deze plek hadden hij en Joycie zich zo vaak geamuseerd. De purperen lissen stonden in bloei. Het moest zijn verjaardag zijn. Het interesseerde hem niet echt – Duivel kon geen verjaardagsliedje voor hem zingen, of het eten klaarmaken dat Joycie dan voor hem bereidde.

Behoedzaam klom hij naar de top van de duinen om over het strand uit te kijken.

Afdrukken van paardenhoeven in het zand! Vier paar!
Hij keek het strand af, tuurde ingespannen om iets op te vangen doorheen de zeemist. Niets. Ze waren vast vroeg in de ochtend hier voorbijgekomen.

'Kijk, Duivel! De veedrijvers zijn terug!' Hij voelde zich meteen een stuk beter. 'Kom, we volgen ze.' Hij begon te rennen in de richting die de paarden hadden ingeslagen. Hij sprong van zeewier naar zeewier, zoals Joycie hem had geleerd om geen sporen achter te laten. De dingo volgde hem maar een paar passen en keerde toen terug. Hij huilde vanop de duintop en Joe hield halt.

'Ik blijf niet hier omdat jij toevallig geen zin hebt om mee te gaan', foeterde hij half tegen zichzelf. 'Ik zie je straks wel thuis.'

Hij lachte terwijl hij zich over het strand haastte. Duivel keek net als Joycie wanneer hij iets deed wat haar niet beviel.

Joe tuurde door de banksiabladeren omlaag naar het vee op de open plek in de wildernis.

'Zou-ou-out! Zout!' De stem weerklonk vlak onder hem. Hij viel bijna uit de boom. 'Kom dan! Zou-ou-out! Zout! Zou-ou-out!' Joe werd haast doof van het lawaai. Het klonk zo luid na al die maanden van eenzaamheid. In het rond draaiend schoof het vee op in de richting van het geroep, en Joe zag een paard met ruiter opduiken. Het was nog maar een kind! Een meisje. Iets groter dan hij, maar niet veel. En het paard was ook klein. Precies zijn maat. Een mooi wit paardje met lange, glimmende manen. Zoals Held, het paard van Phantom.

Het kind begon weer te roepen en boog zich naar de grond om kleine hoopjes zout te laten vallen. Twee goudkleurige vlechten staken onder haar kleploze pet uit. Ze glimden nog intenser dan de manen van het paard. Joe voelde aan zijn eigen haar. Het was lang en samengeklit en rook ook niet zo lekker, stelde hij vast. Joycie zou boos geweest zijn als ze had geweten wat een viespeuk hij was geworden.

Het vee verwijderde zich van de boom om van de hoopjes zout te gaan likken. Joe liet zich langs de stam naar beneden glijden en dook het struikgewas in. Hij wriemelde zich door de theeplanten en het rietgras tot hij naast het pakpaard stond.

'Hallo maatje, hoe gaat het met je?'

Blue hinnikte dankbaar toen Joe zijn hoofd tegen de hals van het oude paard liet rusten. Joe hield ervan paarden aan te raken. Ze waren zo groot en warm en zachtaardig. En ze roken lekker.

Joe tastte onder een neerhangende flap op het pakzadel. Haver, koord, pannen. Nee, dat zocht hij niet. Hij tastte in een andere zak. Ja! Zijn hand sloot zich om een kleine, platte reep. Chocolade!

Joe bleef de hele middag in de buurt van het oude paard. Hij zoog op de chocoladereep en hield het meisje in de gaten. Hij vond het echt fijn om naar haar en haar paardje te kijken. Wat zou hij graag gewoon uit de wildernis tevoorschijn komen en een praatje slaan.

Toen Lorna haar kudde stieren de open plek op dreef, sloeg zijn hart een tel over. Hij vond het prettig om haar te zien, ook al wist ze niet dat hij bestond. Gretig luisterde hij naar hun gesprek. Dit was dus Biddy! En Lorna was haar mama. Slechts met de grootste moeite slaagde hij erin niet in gegiechel los te barsten toen ze begonnen te praten over Blue en over wat het vee aan het schrikken maakte.

Als een schaduw volgde hij het vee naar de opvangruimte, als een zuchtje wind sloop hij door de wildernis. Top en Nugget kwamen naar hem toe als de kudde rustig was. Ze kwispelden met hun staart en likten zijn handen. Ze waren oude vrienden. Zodra ze een fluitsignaal hoorden, renden ze weg. Joe kon de honden horen blaffen en de drijvers horen schreeuwen: 'Hier! Vooruit! Genoeg zo. Kom hier. Kom hier!'

Joe rende vooruit en klom op de rotsrichel die uitzicht bood op de omheinde opvangplek. Zo kon hij heel dicht bij het vee en de ruiters zijn als ze onder hem passeerden.

'Ze kijken alsof ze iets mispeuterd hebben, vind je niet, Biddy? Die twee honden hebben iets uitgespookt.' Lorna boog zich vorover naar Biddy en tikte haar op haar rug. 'Sinds we het vlakke terrein achter ons hebben gelaten, jatten ze aan één stuk door. Ik vraag me af...'

Biddy gaf geen antwoord. Ze zag er moe uit, volkomen leeg.

Joe kende dat gevoel. Als Joycie hem een hele dag lang mee had genomen op jacht, had hij zich soms ook zo gevoeld op het einde van de dag. Moeders konden zich soms niet voorstellen hoe moe je wel kon worden.

Joe leunde tegen Blue en liet diens lichaamswarmte in zich doordringen. Vanuit het donker staarde hij in het vuur. Biddy sliep al een hele tijd, snurkend in haar bundel. Haar ouders zaten bij elkaar. Hun gezichten glommen in de gloed van de houtskool.

Ik moet het doen, dacht Joe. Ik moet naar ze toe gaan en met ze praten.

De idee alleen al dat ze zonder hem terug zouden gaan naar het strand gaf hem een wee gevoel. Hij wilde niet achtergelaten worden op de kaap. Hij wilde niet helemaal alleen zijn. De stad was misschien schrikaanjagend, maar nog altijd beter dan dit.

Zijn handen speelden in vlechtende bewegingen met de manen van het oude paard terwijl hij koortsachtig nadacht. Joycie had hem allerlei soorten kunstige vlechtpatronen geleerd.

Hij dacht aan Duivel, aan zijn huis. Als hij nu naar Lorna en Dave ging, zouden ze hem misschien niet meer terug laten gaan. En hij moest terug. Al zijn spullen waren er nog. De strips, de boeken, de blauw-zilverige blikken bus... Als hij nu vlug ging, kon hij tegen morgenochtend terug zijn. En dan kon hij uit de wildernis tevoorschijn komen en zeggen... Wat eigenlijk? 'Ik heet Joe.' Misschien zou hij daar gewoon maar staan.

Hij sloop naar het pakzadel op de grond en doorzocht de voedselzak. Zijn hand sloot zich om een pakje spek. Mmm, dat had hij eerder al geproefd, van de houtvesterspost. Hij zou naar huis gaan, een afscheidsfeestje bouwen met Duivel, zijn spullen pakken en tegen de ochtend terug zijn.

Net toen hij zich in zijn geul liet vallen, verdween de maan achter de rotsrichel. Gelukkig verdwijnt ze nu pas, dacht hij. Het was een moeilijke tocht geweest, maar in diepe duisternis zou het nog veel erger geweest zijn. Hij voelde zich zo moe. Hij bewoog zich als een zombie door het schemerdonker.

Een schaduw maakte zich los van het gebouwtje en kwam zijn richting uit.

'Duivel. Ouwe jongen.' Hij hurkte en trok de hond tegen zich aan. Duivel snuffelde aan hem en liep toen achteruit. Een laag gegrom steeg op uit zijn keel.

'Hé, je hoeft zo niet te doen. Ik heb de honden niet meegebracht, alleen maar hun geur.'

Joe trok aan Duivels oren en kneedde de loszittende huid rond zijn snuit. Zo begonnen hun spelletjes gewoonlijk – maar niet vanavond. In plaats van zijn oren overeind te zetten en weg te springen, zodat Joe hem na kon jagen, liep de dingo langzaam terug naar de hut en ging met een zucht liggen, met zijn kin op zijn voorpoten.

'Je hebt het door, hè? Je hebt het door dat ik vertrek.' Joe ging naast hem zitten en woelde door de stugge gele vacht. 'Jij bent zo'n slimme hond. Jij hebt altijd door wat er aan de hand is. Maar ik moét vertrekken. Jij hoort hier thuis, ik niet. Ik heb mensen nodig.'

Een snik bleef in zijn keel steken. Hij duwde zijn gezicht in de hals van Duivel en veegde zijn tranen af aan zijn vacht. 'Duivel, ik wil niet van je weggaan.'

De dingo zat hem voortdurend aan te kijken terwijl Joe een vuurtje aanlegde in de stookplaats en het spek bakte. Hij sloeg zijn ogen niet van Joe af terwijl die de hut in en uit liep om zijn spullen bij elkaar te rapen. Joe was zo moe dat hij niet meer helder kon nadenken en voortdurend van mening veranderde over wat hij wilde meenemen en wat niet. Hij zou moeten vertrekken zodra ze het spek hadden opgegeten. Hij kreunde bij de gedachte aan de terugtocht. Het was zo ver, en nu was het stikdonker.

Het spek rook lekker. Joe viste een stuk uit de braadpan en at het op. Hij brandde zijn vingers en zijn mond, maar had zo'n honger dat hij er zich niets van aantrok.

'Olala! Mmm. Sjonge, smaakt dat heerlijk!' Hij wierp een lapje spek naar Duivel. 'Hier, ouwe jongen, ook iets voor jou.'

De dingo keek minachtend naar het sissende hapje, alsof hij wilde zeggen: 'Al was dit het laatste voedsel op aarde, dan nog zou ik het niet opeten, jij verrader.'

Joe leunde tegen de wand en trok Duivel naar zich toe. Het vuur verwarmde hen terwijl ze tegen elkaar aan genesteld zaten. Even uitrusten, dacht Joe, heel even mijn ogen sluiten voor ik vertrek.

Zodra Joe sliep, strekte Duivel zijn hals uit en raapte voorzichtig het spek op. Hij at het heel zorgvuldig op, likte elk spoortje van vet van zijn snuit, legde zijn kop neer en viel in slaap voor het vuur.

Joe deed met veel moeite zijn ogen open. Waar was hij?
Waarom bevond hij zich buiten zijn hut en lag hij niet in
zijn knusse bed? De ochtend brak aan. Ai, zijn lichaam
was stram en deed overal pijn. De eerste zonnestralen
drongen aarzelend de geul binnen en de winterkoninkjes floten en fladderden door het geboomte. *Nee!* Opeens wist hij het weer. Op dit ogenblik hoorde hij bij de
opvangruimte voor het vee te zijn en niet hier. Hij zou ze
daar niet meer aantreffen! Ze zouden met het vee over
het strand vertrokken zijn en zelfs nooit te weten komen
dat hij hier was.
Hij grabbelde naar de zak die hij de avond ervoor gepakt
had. Als hij rende, kon hij ze misschien nog inhalen. Hij
had Lorna horen zeggen dat ze in de ochtend nog wat
vee moesten ophalen voor ze konden vertrekken.
'Kom mee, Duivel. Vooruit!' riep hij naar de hond. 'Hou
me een stuk van de weg gezelschap.'
Hij begon over de bodem van de geul te rennen, geluidloos op het zachte mos, en Duivel draafde achter hem aan.
Urenlang liep hij. Hij gleed uit, viel, kwam weer overeind, en rende verder. Door het rietgras, door de moerassige stukken en de tunnels van theebomen. Als ik maar de
ene voet voor de andere blijf zetten, zei hij tegen zichzelf,

dan blijf ik vooruitgaan. Toen hij over de zwerfkeien aan de zijkant van de Windy Ridge klom, kon hij in het westen de zee zien schitteren. Het was een mooie, heldere dag. Biddy en haar ouders waren vast vroeg opgestaan.

Springend van rots tot rots haastte hij zich langs de kam. Bij het laatste overhangende stuk hield hij halt om naar de opvangruimte voor het vee te turen, op zoek naar wat beweging, naar een teken van leven. Vanhier kon hij het strand niet zien omdat het zicht geblokkeerd werd door de helling van de heuvel bij de top. Misschien waren ze al op het strand. Of misschien waren ze nog vee bijeen aan het drijven. Hij keek naar de zon, die bijna pal boven zijn hoofd stond. Hij zou naar het kamp moeten afzakken om het te weten te komen.

Hij begon moeizaam naar beneden te klauteren, merkte toen dat Duivel hem niet volgde. 'Oh, makker! Kom hier!' Hij liet zijn zak vallen en strekte zijn armen uit naar de dingo, die meteen van een rots af naar hem toe sprong. 'Ik zal je nooit vergeten, Duivel.' Hij begroef zijn gezicht in de gele vacht en hield de hond even tegen zich aan geklemd. 'Ik kan niet blijven. Ze staan op het punt te vertrekken.'

Duivel jankte, maar Joe duwde hem weg en stortte zich langs de berghelling naar beneden, verblind door tranen; vallend, rollend, klauterend.

Zodra hij de kampplaats opliep, besefte hij dat hij te laat was. Alles was verdwenen. Het vuur was gedoofd. Wel hing er nog de stank van vee. Joe leunde tegen de omheining en keek naar de sporen die omlaag liepen in de richting van de rivier. Hij was zo uitgeput dat hij de indruk had dat hij op de een of andere manier naar zichzelf stond te kijken, daar bij die omheining. Hij voelde zich zo treurig, zo alleen. Hij kon niet blijven. Hij keek weer naar de sporen, raapte doodmoe zijn zak op en sjokte het kamp uit, het vee achterna. Hij moest ze inhalen.

Door de sporen van het vee zag het strand er vies uit. Het zand was niet glad en licht van kleur, maar donker en omgewoeld. Alsof er iets verschrikkelijks is gebeurd, dacht Joe. Wel, dat was ook zo. Hij had zijn kans gemist. Biddy en haar ouders waren verdwenen en hij had ze niet kunnen ontmoeten. Er was geen teken van hen te bespeuren. De sporen verdwenen gewoon in de zeemist. Hij bleef lopen. Hij zou ze inhalen, desnoods pas als ze al in de buurt van hun huis waren.

Iets trok zijn aandacht en hij boog zich voorover om het op te rapen. Het was Biddy's geknoopte hoed. Hij zette hem op en glimlachte in zichzelf. 'Ah, eh..., hallo, ik ben Joe. Ik heb dit op het strand gevonden, ik denk dat hij van jou is.' Hij kon zich niet voorstellen waar hij zich zou bevinden op het moment dat hij dit zou zeggen.

Versuft liep hij verder. Nu en dan hield hij halt om zijn zak over zijn andere schouder te hijsen. Het was een prachtige dag. Er stond wel een koud windje, maar het blies in de rug en hielp hem vooruit over het strand. Hij keek naar een rij pelikanen die langs de branding gleden en samentroepten. Hij vroeg zich af of het de pelikanen van zijn zomerkamp waren. Hij keek de vogels na toen ze over de zandplaat wegvlogen. Wat was dat?

Het zag eruit als een klomp zeewier of wrakhout, half begraven, maar toen hij ingespannen tuurde, leek het te bewegen.

Het bewoog *inderdaad*!

Het flitste door zijn hoofd dat het een gestrande walvis kon zijn. Of misschien was het een monster, of een moerasgeest. Het zag er behoorlijk raar uit. Een beetje als een paard.

Hij begon langs de zandplaat op te rennen, en hield nu en dan halt in een poging om te zien wat het was.

Het *was* een paard. Het was Bella!

De pony hief haar hoofd krachteloos uit het drijfzand en hinnikte naar Joe. Hij zette zijn zak neer op het stevige zand en waadde door het slik naar haar toe.

'Oh, Bella! Wat is er gebeurd?' De pony leek halfdood.

Joe ging zitten en legde Bella's kop in zijn schoot. Hij wreef het zand uit haar ogen en gaf haar zachte klopjes. 'Waarom hebben ze je achtergelaten?' Misschien was Biddy of iemand anders gewond geraakt. Ze hadden vast een goede reden gehad. Wie zou een pony die zo klem zat in de steek laten?

Joe keek achterom. De eb had haast zijn laagste stand bereikt en weldra zou het tij keren. Bella zou verdrinken als hij haar hier niet weg kon krijgen. Hij schepte een handvol drijfzand. Meteen vloeide nog meer zand in het gat dat hij had gemaakt.

'Oh, Bella, ik weet niet of ik dit wel aankan.' Hij zocht steun tegen haar hals. Waarom was alles zo moeilijk? Wat zou Joycie nu doen?

Hij dacht na, herinnerde zich toen het moment dat hij haar een vraag had gesteld over het halssnoer van schelpen, het halssnoer van Robbeneiland. Hoe was iemand erin geslaagd om die honderden schelpen aan een draad te rijgen, had hij gevraagd. Stukje bij beetje, had Joycie glimlachend geantwoord, stukje bij beetje.

Hij klopte Bella zacht op haar hals en fluisterde in haar oor: 'Ik krijg je eruit, pony, al moet ik de hele dag graven.'

Joe had er geen idee van hoe lang hij al aan het graven was. Hij lag naast Bella en schepte drijfzand, één handvol per keer, en wierp het op het vaste zand. Hij gebruikte zijn rechterarm tot die pijn deed, en daarna werkte hij verder met zijn linkerarm. Zodra die ook pijn begon te doen, schakelde hij weer over op zijn rechterarm. Het leek niet op te schieten. Het zand vloeide weer in elk gat dat hij groef. Maar, dacht hij, het moest hoe dan ook een beetje helpen.

Hij leunde tegen Bella's hals en rustte even uit in de middagzon. De vloed kwam op. De eerste vlakke lagen water kropen over de zandplaat, maar Joe merkte het niet op. Hij was naast Bella in slaap gevallen.

Een bekend gevoel wekte hem – de streling van snuitharen over zijn gezicht. Duivel! Joe deed zijn ogen open en het *was* Duivel. Hij kwispelde en grijnsde naar Joe. Met zijn vossenblik, zoals Joe die noemde. Zo keek hij altijd als hij dacht dat hij heel slim uit de hoek kwam.

'Duivel! Je bent me gevolgd! Ik ben zo blij je te zien!' Joe keek om en tot zijn verbijstering zag hij water over de zandplaat lopen. 'Vooruit, makker, help me graven.' Hij liet zich op zijn knieën in de drassige grond vallen en begon te graven als een hond: hij zwierde het zand weg achter zijn rug. 'Vooruit, Duivel, zo moet je het doen.'

Duivel keek even toe, met een schuin hoofd, een beetje in de war.

'Schiet op, domme hond! Graaf!'

Even flikkerden Duivels ogen. Hij voelde zich beledigd.

Hij draaide zich om en begon aan de zijde van Joe te graven. De eerste grote golf stroomde zonder waarschuwing over het drijfzand. Joe werd zo in beslag genomen door wat hij moest doen dat hij de golf niet hoorde aankomen. Het ijskoude water deed hem schrikken. Duivel sprong achteruit en Bella snoof angstig. Toen de golf zich terugtrok, keek Joe wanhopig naar de drassige grond. 'Het heeft niet in het minst geholpen, Duivel. Al dat gegraaf, en ze zit nog even vast als toen ik haar vond.' Hij ploeterde naar Bella's kop, pakte hem liefkozend vast en huilde van teleurstelling. 'Het spijt me, Bella, het spijt me.'

Toen de zee om hen heen kolkte, tilde hij Bella's kop boven het water uit. Hij kon gewoon niet geloven dat dit gebeurde, dat ze ging verdrinken. Duivel liep achteruit naar het strand. Hij jankte omdat hij wilde dat Joe hem volgde.

'Ik kan haar niet achterlaten!' gilde Joe naar hem. 'Ik kan haar hier niet laten verdrinken...'

Een golf sloeg over hem en Bella heen. Water vulde zijn ogen en zijn mond. Hij hoestte kokhalzend en draaide Bella's manen rond zijn vingers om haar kop zo hoog mogelijk op te kunnen tillen. Alleen haar ogen en haar neusgaten kwamen nog boven het water uit. Joe sleurde aan haar manen.

Wat was dat?

Ze bewoog! Hij trok opnieuw, en nu voelde hij duidelijk dat ze verschoof. Het moest het water zijn dat het drijfzand losser maakte! Het maakte Bella vrij!

'Vooruit, Bella, vecht! Komaan, worstel!'

Hij bleef aan de zilverkleurige manen sleuren. De golven

werden groter. Elke golf wierp hem omver, maar Bella kwam omhoog en dreef weg uit het drijfzand. Joe voelde hoe ze zwak begon te trappelen. Haar verkrampte en verkilde poten hervonden hun kracht en opeens was ze vrij!

Joe liet haar manen niet los. Hij wilde haar nu niet kwijt-raken. Hij leidde haar terwijl de golven hen naar het strand joegen, waar Duivel heen en weer rende en uit-zinnig kefte. Met wankelende poten liep Bella het strand op. 'Blijf lopen, Bella. Blijf lopen.' Joe leidde haar naar een opening in de duinen. Hij moest haar van het strand af en uit de wind krijgen. Hij merkte Duivel nauwelijks op, hij moest ervoor zorgen dat Bella in beweging bleef. De oceaan bulderde achter hen. We hebben je verslagen, dacht hij. We zijn aan je ontsnapt.

Bella haalde het maar net. Elke stap in het losse zand vergde een enorme krachtsinspanning. Ze ademde met hijgende stoten in en uit. Toen ze eindelijk achter de duinen waren, buiten het bereik van de ijskoude wind, zakte Joe ineen op de grond. Hij had het gevoel dat zijn lichaam ging verbrokkelen als zand, dat hij in duizenden kleine stukjes uit elkaar ging vallen.

De lucht werd donkerder. Met hangend hoofd en hevig op en neer gaande flanken stond Bella nog altijd waar hij haar halt had laten houden. Haar ogen stonden heel dof. Ik moet haar wat te drinken geven, dacht Joe. Ik zal mijn pannetje gaan halen en haar wat water uit de kreek brengen. 'Oh, nee!' Hij herinnerde zich opeens dat hij zijn zak had achtergelaten op het zand waar Bella vast had geze-ten. Hij werd er helemaal moedeloos van. Het werd hem te veel. Al die problemen, heel zijn leven, alles waar hij naar op zoek was geweest en waarvoor hij Biddy en haar ouders mis was gelopen, alles waar hij zo ver voor had gerend... het was allemaal weg. Hij bedekte zijn gezicht met zijn handen en huilde.

Hij voelde de snuitharen van Duivel op zijn arm en keek op. Duivel had weer die speciale vossenblik in zijn ogen, de blik die hij had als hij dacht dat hij zich erg slim had gedragen. Er verscheen een brede glimlach op Joes gezicht en hij kuste de dingo recht op zijn grote zwarte neus. Duivel *was* slim, erg slim. Hij hield de zak van Joe tussen zijn poten.

'Hoe bedoel je, de baby van Joycie?' vroeg Lorna met een schrille klank in haar stem. 'We hebben jou nooit iets over Joycie verteld. Ben je...'

'Irene heeft het me verteld', flapte Biddy er haastig uit. 'Op de dag dat jullie zeiden dat ik mee mocht om het vee op te halen. We waren aan het babbelen op school en ze vertelde me over Joycie en Joe. Ze gelooft dat ze nooit zijn verdronken, dat ze op de landtong zijn gaan wonen...'

'Maar dat is al *negen jaar* geleden', kwam haar vader tussenbeide. 'Ze kunnen daar niet al die tijd geleefd hebben!'

'Oh jawel', antwoordde Biddy. 'Ze kunnen zich in leven hebben gehouden door maden en bessen en dat soort dingen, net zoals de veroordeelde Biddy.'

Lorna snoof. 'Ze zouden er nogal magertjes uitzien als ze negen jaar lang op maden en bessen hadden geleefd. En de juiste uitdrukking is zich in leven houden *met* en niet zich in leven houden *door*.'

Biddy duwde haar stoel achteruit en liep naar de kachel. Ze had er de pest aan als Lorna haar als een klein kind behandelde. Ze stond met haar rug naar de kamer en deed alsof ze haar handen warmde, maar eigenlijk verborg ze haar gezicht voor de grote mensen. Ze kon haar weerspiegeling zien in de glanzende, roodgloeiende deksels. Ze vond het opeens erg belangrijk dat haar familie naar haar luisterde, écht naar haar luisterde. Ze haalde een paar keer diep adem, en toen ze zeker wist dat haar stem niet zou breken, begon ze te praten, nog altijd met haar rug naar de kamer.

'Jullie willen gewoon niet geloven dat het waar kan zijn, maar denk eens aan alles wat er is gebeurd... Ik geloof dat ze ons in de gaten hebben gehouden terwijl wij ginds op de landtong waren. Ik geloof dat zij de voorlaatste nacht het spek hebben gestolen.'

Ze draaide zich om toen haar vader begon te praten. 'Nee, onze hond Top heeft het niet gedaan', onderbrak ze hem. Ze keek naar Tigger, die achten draaide rond haar benen. 'Top lag bij mij te slapen, ik gebruikte hem als kacheltje. Trouwens, hoe zit het met die vlechten? Wie heeft de manen van de paarden gevlochten? Precies op dezelfde manier als Irene? De tante van Irene, wie anders?'

Dave krabde op zijn hoofd. 'Kijk eens, liefje, ik weet dat het niet zo dwaas is wat je zegt, maar ik kan gewoon niet geloven dat een meisje en een baby bijna negen jaar lang kunnen overleven in de rimboe. Het lijkt me gewoon niet mogelijk.'

'Ze zouden nu geen meisje en geen baby meer zijn, papa', onderbrak Biddy hem. 'Joycie zou nu zesentwintig zijn, en Joe negen. Je moet ten minste toegeven dat het *mogelijk* is. Denk je ook niet, opa?'

Opa wreef langzaam met zijn verweerde handen over zijn gezicht en zuchtte. 'Hmmnn.'

'Wat? Wat bedoel je met "hmmnn"?' vroeg Biddy. 'Zeg het, opa.'

'Wel, ik weet niet hoe ik dit moet zeggen zonder als

compleet geschift over te komen, maar ik zal het toch maar op tafel gooien. Ik ben nu al, laat eens kijken, drie jaar niet meer op de landtong geweest, maar tijdens mijn laatste tochten ernaartoe waren er ogenblikken dat ik haast kon zweren dat iemand mij in de gaten hield. Omdat je haren overeind gaan staan in je nek, weet je wel. Misschien was het Joycie. Ziezo. Jullie mogen me nu naar het gekkenhuis sturen als jullie er zin in hebben, maar ik blijf bij wat ik heb gezegd.'

Biddy sloeg haar armen om zijn benige schouders en keek boos naar haar ouders. 'Zien jullie nu wel? Ik beeld het me niet in. Opa denkt ook dat Joycie en Joe Bella hebben gered.'

'Maar als dat waar is,' zei Lorna, 'hoe komt het dan dat er maar één reeks voetafdrukken te zien was naast de sporen van Bella? Van kleine voeten dan nog wel. Waarom was Joe daar in zijn eentje? Waar was Joycie?'

'Ik weet wat ons te doen staat!' riep Biddy plotseling. 'Irene opbellen, en haar mama en papa, en ze op de hoogte brengen.'

'Nee, Biddy!' De stem van haar moeder klonk scherp. 'Ze mogen hier niets over te weten komen.'

'Waarom niet? Ze zullen in de wolken zijn...'

'Net daarom mogen we het ze niet vertellen. Omdat ze dan zo opgewonden zullen zijn. Stel je eens voor hoe vreselijk het voor ze zou zijn als ze nieuwe hoop kregen en als het dan op niets zou uitlopen.' De ogen van Lorna vulden zich met tranen. 'Ze hebben de pijn van het verlies van Joycie en Joe al moeten doorstaan, al die jaren die nu achter de rug liggen. Dat mogen we ze niet opnieuw aandoen.'

Opa klopte zachtjes op Biddy's rug. 'Je moeder heeft gelijk. We zwijgen er beter over. We zullen morgen naar de landtong gaan en een beetje rondneuzen om te zien of we iets kunnen vinden. Kom, geef me die kaart eens, ik zal je tonen waar jullie volgens mij moeten zoeken.'

Toen Joe wakker werd, wist hij niet waar hij zich bevond. Hij wist nauwelijks *wie* hij was. In zijn slaap had hij aan één stuk door gedroomd. Dromen over paarden, honden, vee, Joycie en over hemzelf, altijd maar rennend zonder ergens te geraken. Hij wreef in zijn ogen en ging overeind zitten. Het was koud in zijn huisje. Toen herinnerde hij zich dat hij de avond ervoor zijn deken van konijnenbont over Bella had gelegd. Bella! Een verschrikkelijke angst overweldigde hem – dat ze misschien dood was gegaan terwijl hij lag te slapen. Gisteravond had haar ademhaling afschuwelijk geklonken tegen de tijd dat ze hier aangekomen waren.

Hij duwde de zak in het deurgat opzij en was haast bang om te kijken. Bella was er niet. Hij liep naar buiten en hield zijn hand boven zijn ogen om het zonlicht af te schermen. Het was al laat. Hij had bijna de hele dag geslapen.

Toen zijn ogen gewoon waren aan het licht, hoorde Joe een twijg knappen en hij keek naar de rand van de open plek. Hij haalde opgelucht adem. Daar stond Bella, bij het rietgras. Ze graasde rustig. Duivel zat naast haar. Hij keek op toen Joe naar hen toe liep, alsof hij wilde zeggen: 'Ik mag haar graag en zij is ook dol op mij.' Joe voelde zich zo licht als lucht.

De deken van konijnenbont was nauwelijks verschoven

op Bella's rug. Joe stak zijn hand onder de deken, en voelde dat Bella warm en droog was. Ze hield even op met grazen om zijn zakken te besnuffelen. Dat had ze de avond ervoor voortdurend gedaan toen ze hun weg hadden gezocht door de theebomen. Het had oneindig lang geduurd. De takken hingen zo laag dat Joe haast elke tak had moeten wegduwen of afbreken om de doorgang groot genoeg te maken voor Bella. Ze was telkens geduldig achter hem blijven staan en had hem alleen nu en dan met haar snuit een zachte por gegeven. Wat een opluchting toen ze eindelijk het pad door het rietgras bereikten en ten slotte thuis raakten. Zijn woning had er uitnodigend uitgezien in het maanlicht, maar Joe was te moe geweest om nog een vuur aan te leggen. Hij had alleen nog de deken op Bella vastgebonden en was in slaap gevallen.

Bella stootte hem opnieuw zacht met haar snuit aan, deze keer tegen zijn buik. Zijn ingewanden voelden een beetje pijnlijk en het drong tot hem door dat hij vreselijk honger had. Hij zou een paard kunnen verslinden, zoals Joycie het gewoonlijk uitdrukte. Hij glimlachte. 'Kom mee, allebei. Ik zal wat ongedesemde broodbrokken als vieruurtje voor jullie klaarmaken.'

Hij wandelde door de vallei en raapte onderweg stukken hout op, voor het vuur. De pony en de dingo liepen achter hem aan en alledrie straalden ze in het gouden avondlicht.

Biddy zat op Blue, met één voet over het voorstuk van haar zadel. Haar vader zei dat ze dat niet mocht doen. 'Als dat paard schrikt, val je er ruggelings van af. Zeker weten. Je belandt op je kont voor je het weet.'
Biddy lachte. Ze genoot ervan als zij en haar pa samen waren. 'Mama zit toch ook altijd zo?' wreef ze hem onder zijn neus. 'En tegen haar zeg je niet dat het niet mag.'
'Om je moeder voor te schrijven wat ze moet doen, heb je een kerel nodig met meer moed dan ik. Trouwens, zij weet een paard te berijden', plaagde hij. 'Zij is niet zo maar een ondermaatse beginneling, zoals jij.'
Hij lachte terwijl hij haar de teugels van Gordon gaf. 'Blijf hier bij de paarden wachten. Nergens naartoe gaan, begrepen? Ik zal wel een tijdje weg zijn, ik wil deze rotsachtige bergkam volgen, maar hij is te steil voor de paarden. Misschien kan ik vanop de top iets ontdekken.'
Hij tastte in de zak van zijn oliejekker en haalde er een handvol pepermuntjes uit. 'Hier, daar ben je een tijdje zoet mee. Ik blijf niet te lang weg. En, wat moet jij intussen doen?'
Biddy kneep haar gezicht samen en zei langzaam, alsof ze de tafels van vermenigvuldiging afdreunde: 'Hier... wachten... nergens... naartoe.... gaan.'

'Flinke meid.'

Dave klopte Gordon zachtjes op zijn achterste, draaide zich om en verdween in de wildernis.

Biddy kon een tijdlang horen hoe hij zich een weg door het opgaande hout baande, en even later werd het stil. En toen maakten zich, uit die stilte, nauwelijks waarneembare bosgeluiden los: vogels, de wind in het kreupelhout, de ademhaling van de paarden, een vlieg die voorbijzoemde. Verbazend hoeveel geluid er was in de stilte. Biddy vroeg zich af of haar moeder en opa al gearriveerd waren met de kleine vrachtwagen. Zijzelf en haar vader waren vanmorgen al naar hier gereden, met Dusky, het paard van haar moeder, aan de teugel. Toen ze voor de tweede keer in haar leven het pad over de kliffen volgde, vond ze het nog altijd even akelig.

Haar moeder zou met de wagen naar hier komen zodra het water zich ver genoeg had teruggetrokken. Opa weigerde in zijn eentje achter te blijven, en daarom hadden ze besloten dat hij kon meekomen in de vrachtwagen. Biddy en haar vader hadden ginds Dusky met een koord vastgebonden aan een struik, dicht bij de plek waar Bella was verdwenen. Lorna zou opa achterlaten in de vrachtwagen, op het strand, met een thermoskan en sandwiches, en zelf zou ze dan de achterkant van de duinen verkennen, op zoek naar sporen. Opa had nog strengere orders gekregen om ter plekke te blijven dan Biddy.

Biddy legde haar voet weer over het zadel. Als Lorna het deed, zag het er altijd zo goed uit – echt ontspannen – maar Biddy had er niet zo'n prettig gevoel bij. Ze verschoof in het zadel en probeerde het met haar andere voet. Dat was nog erger. Ze draaide zich om haar as, zo-

dat ze omgekeerd op Blue kwam te zitten. Hé! Ze speelde rond-de-wereld. Dat hadden ze vroeger vaak gedaan
op de ponyclub, toen ze nog klein was. Zij en Irene zaten
toen samen in de beginnersgroep. Biddy dacht aan Irene, en hoe ze haar zou opzoeken. 'Je raadt het nooit, Irene', zou ze zeggen. 'Weet je nog, je neefje, Joe...'
Biddy ontwaakte abrupt uit haar dagdroom toen Gordon opeens achteruit deinsde. 'Rustig, kerel, rustig!' riep
ze, terwijl ze zich aan de achterkant van haar zadel vast-
klampte. Ze had de teugels van Gordon losgelaten en die
zaten verstrikt rond een laaghangende tak. Telkens als
Gordon zich bewoog, bewoog de tak mee en daarvan
raakte het paard in paniek. 'Blijf stilstaan, stom paard!'
Biddy leunde voorover om hem te bevrijden, maar terwijl ze daarmee bezig was, vloog er een parkiet op uit het
struikgewas, vlak langs de snuit van Gordon, en dat
werd hem te veel. Hij werd er gek van, deinsde nu eens
in de ene, dan weer in de andere richting achteruit,
beukte met zijn hoeven op de grond, snoof en rolde met
zijn ogen. Opeens knapte de tak met een knak en dat
joeg hem nog meer de stuipen op het lijf. Telkens als hij
achteruit liep, bleef de tak hem volgen. De ogen van
Gordon puilden uit hun kassen. Hij keek naar de tak alsof het een monster was, draaide zich toen vliegensvlug
om en galoppeerde weg, met de tak op en neer zwiepend
naast zich. Blue draaide zich ook met een ruk om en
wierp Biddy, die nog altijd achterstevoren op haar zat,
op de grond. Dol hinnikend rende ze achter Gordon
aan.
Biddy landde plat op haar rug. De val sneed haar adem
af. Ze probeerde naar adem te happen en luisterde naar

de paarden die op hol waren geslagen en terug naar het strand liepen. Terwijl haar de tranen in de ogen sprongen, vervaagden de wuivende bladeren boven haar in de lucht. Verdomde rotpaarden, dacht ze. Als Gordon toch zo'n prima paard was, waarom gedroeg hij zich dan als een halve gare als zij op hem moest passen? En Blue - ze snoof en veegde haar neus af met de rug van haar hand - wie dacht hij wel dat hij was, om er zo vandoor te gaan?

Haar vader zou haar levend villen. Het strand lag een onmogelijk eind weg. En als die rotpaarden daar opdaagden, zouden Lorna en opa denken dat er een ongeluk was gebeurd, en gek worden van angst. Biddy was zo boos dat ze dacht te ontploffen. Ze had alles weer eens goed verknoeid. Ze had de situatie moeilijker gemaakt in plaats van gemakkelijker.

Ze stond daar met haar handen op haar heupen en liet haar blik verbitterd over het spoor van de op hol geslagen paarden dwalen. 'Ik haat jullie allebei!' gilde ze, maar haar stem klonk schril in de stilte.

Joe wist dat hij weg moest gaan, dat hij met Bella naar het strand moest gaan, naar de plek waar Biddy en haar ouders woonden. Maar zijn vallei lag er zo prachtig bij dat hij besloot nog één dag te blijven. Een extra dagje rust zou Bella trouwens goeddoen.

De ochtend was zonnig en rustig, en Joe was wakker geworden met een volle maag – vol ongedesemd brood van de avond ervoor. De tocht naar de boerderij leek hem maar half zo moeilijk meer, nu hij hem samen met Bella kon ondernemen.

Hij wreef over de oren van Duivel. 'Morgen ga ik écht weg, jongen. Dit is onze laatste dag samen.'

Duivel leek het zich niet erg aan te trekken en dat kon Joe hem niet kwalijk nemen. Het was al voor de zoveelste keer dat ze afscheid namen.

Bella knabbelde aan het gras naast het houtblok waarop Joe zat. Ze trok eraan, kauwde erop en snoof nu en dan, alsof er een insect op haar neus was geland. Bella stootte Joe aan met haar snuit en lachend gleed Joe van het blok.

'Jij lijkt zo sterk op het paard uit de *Phantom*-strips, dat ik je maar eens een nieuwe naam moet geven. Vanaf nu heet je Held. Held! Kom, Held!'

De pony liep om het blok heen naar de plek waar Joe lag

en begon vlak bij hem te grazen. Haar warme paardenadem kietelde zijn hals. Hij begon te giechelen, niet alleen door het gekietel, maar ook omdat hij haar in alle vertrouwen over zich kon laten staan, zo dichtbij en tegelijk zo voorzichtig.

Hij zag dat haar buik en haar poten aangekoekt waren met gedroogde modder. Haar manen klitten ook samen, ze zaten vol knopen.

'Ik denk dat jij wel een opknapbeurt kunt gebruiken, paardje', zei hij. Hij voelde aan zijn eigen haar. 'Wij allebei trouwens, zou ik zo zeggen.'

Joe leidde Bella de rivier in. Toen ze het diepste deel van de bedding bereikten en het water tot zijn borst kwam, deed de kou hem even naar adem happen, maar Bella gaf geen krimp. 'Dappere meid, Bell – eh, Held. En nu poetsen-boenen-schuren-schrapen!'

Hij ging aan de slag met de zeep, zette haar manen en staart in het schuim, daarna haar hele rug, en gleed omlaag langs haar poten en onder haar buik. Hij zeepte zichzelf ook van top tot teen in, hees zich toen op Bella en waste haar manen nog eens. Hij zwom onder haar door, klom weer op haar, gleed weer van haar af, als een zeehond van een rots.

Duivel zat op de oever, met zijn hoofd schuin, verbluft, maar genietend van de show.

'Let nu eens op!' schreeuwde Joe. 'We veranderen in een walvis!' Hij ging op Bella liggen, spoot een mondvol water de lucht in en liet zich toen in de rivier vallen. Bella trappelde in het water, joeg hoge waaiers de lucht in en Duivel repte zich om uit de buurt te raken.

Toen ze allebei goed schoon en afgespoeld waren, leidde

een rillende Joe de pony uit de rivier. Bella schudde het water van haar vacht, in een nevel die heel even een regenboog vormde, en ging toen op het gras liggen. Eerst schuurde ze met haar hele zij over de grond, van haar nek tot haar achterlijf, daarna begon ze zuchtend en steunend te schommelen tot ze op haar andere zij viel. Uiteindelijk krabbelde ze overeind, schudde zich nog eens stevig en keek naar Joe als wilde ze zeggen: 'Mmm, wat een zalig gevoel!'

Terwijl de zon haar vel deed opdrogen, kamde Joe haar manen en haar staart met zijn oude schildpadkam. Zorgvuldig haalde hij er de klitten en knopen uit, tot haar haar vrij golfde. Het deed hem terugdenken aan Joycies mooie haar. Hij probeerde zijn eigen haar te kammen, maar het was gewoon al te erg samengeklit en dus knipte hij het af met de goede schaar van Joycie. Hij bleef maar knippen, tot er voor de schaar niets meer overbleef om te knippen. Hij wreef met zijn handen over zijn schedel, betastte de stoppeltjes. Zijn hoofd voelde licht en onbeschut, maar hij had tegelijk een fantastisch gevoel van vrijheid, het gevoel dat hij een last van zich af had gewenteld en opnieuw kon beginnen.

EEN ENKEL WIT HAAR

Biddy zat op haar vader te wachten. Ze zag er enorm tegenop hem te vertellen dat ze het lelijk had verknoeid. Ze wenste dat ze het weer in orde kon maken. Misschien kon dat wel. Misschien waren de paarden niet helemaal tot het strand gelopen. Blue was zo'n vreetzak, hij zou zeker halt houden als hij langs een plek met mals gras kwam.

Biddy begon te fantaseren wat er zou gebeuren... Ze zou teruggaan naar dat kleine vlakke stuk dat ze op hun weg hierheen waren gepasseerd, en Blue en Gordon zouden daar staan. Gordons teugel zou niet gebroken zijn, ze zou hem zonder moeite vangen en op Blue terugrijden, met Gordon aan de leidsels, en als papa terugkwam, zou ze hier zitten te wachten alsof er niets was gebeurd. Ze zou hem zelfs niet hoeven te vertellen wat er verkeerd was gelopen. Misschien zou ze het hem op een dag wel eens vertellen, als ze een heel stuk ouder was.

De stem van haar vader echode in haar hoofd. *Wacht hier. Nergens naartoe gaan.* Biddy negeerde de stem. Ze kon gemakkelijk naar het vlakke stuk gaan en terugkeren voor haar vader terug was.

Ze zette er flink de pas in en ze voelde zich meteen een stuk beter nu ze in beweging was. Hoe meer weg ze aflegde, des te zwakker klonk de stem van haar vader.

Vlugger dan verwacht kwam ze bij het vlakke terrein, maar ze zag geen paarden, alleen diepe hoefafdrukken waar de dieren in galop voorbij waren gestormd. Het leek wel of ze hadden gevlogen, de bastaards. 'Dat vergeef ik je nooit, Blue, nooit', gromde Biddy. 'Je krijgt nooit meer wortels van me!'

Moedeloos sjokte ze terug langs het spoor om op haar vader te gaan wachten. Winterkoninkjes schoten door het bos, maar ze schonk er geen aandacht aan, ze keek naar de grond, staarde naar de hoefafdrukken van die verrekte paarden.

Hola, waarom *dwarste* daar een stel sporen het gewone spoor? Biddy liep achteruit om het beter te kunnen bekijken. Ze kwam tot het besluit dat er zich een paard van de helling had gestort. De theebomen vormden aan beide kanten van het spoor een dichte haag, en toen Biddy van nabij ging kijken, merkte ze dat de helling aan één kant steil naar beneden dook. Ze kon ook zien waar er een paard door de struiken naar beneden was gegleden. Ze bestudeerde de takken van dichterbij, en ja, ze merkte één enkel wit haar op.

Bella! Dat moest van Bella zijn! Ze sprong door het gat in de haag en gleed op haar oliejekker de zanderige helling af, alsof ze op een slee zat, en ze gilde van plezier tot ze beneden was. En daar, op de bodem, wist ze het zeker. De grond was er vochtig, en ze kon de sporen duidelijk zien: hoefafdrukken, pootafdrukken en voetafdrukken. Ze zou Bella terugvinden!

De bevelen van haar vader flitsten weer door haar hoofd, knaagden aan haar geweten, maar ze verjoeg de gedachten. Als ze Bella kon terugvinden, zou het niet meer zo erg zijn dat ze de andere paarden kwijt was geraakt. En Joe... Joe maakte haar wel een beetje zenuwachtig. Wat als hij niet gevonden wilde worden? Wat als hij een gemeen ventje was? En verschrikkelijk stonk? En Joycie, zou Joycie haar verstand hebben verloren?

Biddy haalde haar schouders op en bleef de sporen volgen. Tot nu toe had ze alles verknoeid – nu moest ze doorgaan en ervoor zorgen dat er iets goeds van kwam.

De sporen leidden haar in een woud van verwarde theebomen en door een tunnel die als een worm voortkronkelde. Biddy moest zich vooroverbuigen om erin te kunnen lopen, en haar rug deed al snel verschrikkelijk veel pijn. Nu besefte ze hoe opa zich moest voelen, met zijn kwalen en pijnen. Veel takken waren gebroken of opzijgeduwd. Dat moest Joe hebben gedaan, om Bella erdoorheen te krijgen. Biddy kon zich voorstellen hoe Bella Joe met haar snuit stevig aanporde terwijl hij stond te zwoegen.

Ze wist dat ze weldra terug moest gaan. Nu en dan hield ze halt om te luisteren of haar vader haar riep, maar er was wind opgestoken, die door de bomen huilde en elk ander geluid overstemde.

Nog honderd passen, dacht ze, en dan keer ik terug. Ze nam grote passen, om zo ver mogelijk te raken zonder haar belofte te verbreken, en bij de negenentachtigste pas stapte ze uit de tunnel, het middaglicht in.

De sporen staken een ondiepe inham vol varens en rietstengels over en verdwenen dan in een zee van rietgras. Biddy liep naar de overkant, drieënnegentig, vierennegentig... Opeens kon ze in het rietgras een pad onder-

scheiden. Een echt pad, door iemand aangelegd. Ze vergat haar belofte en haastte zich op weg.

Het rietgras wuifde hoog boven haar hoofd en hield het
zonlicht tegen. Ze hoorde geen ander geluid dan het ge-
ritsel van droge bladeren onder haar voeten. Ze begon te
roepen terwijl ze bleef lopen. Zachtjes eerst, dan langzaam aanzwellend tot luid geschreeuw: 'Bella... Bellaa...
Bellaaa!'

Toen ze halt hield om naar adem te happen, hoorde ze
gehinnik. Nee toch! Ze riep nog eens. Ja! Het was Bella,
die op haar geroep antwoordde. Biddy kon ook hoefslagen horen. Bella kwam naar haar toe gegaloppeerd! En
er klonk nog een ander geluid: iemand daarginds riep
steeds opnieuw een naam. Biddy kon hem niet verstaan.
Opeens, in een tumult van hoeven en wapperende manen, kwam Bella de bocht om gevlogen en hield pal voor
haar halt.

Biddy had nooit geweten dat je zo kon huilen van geluk. Ze perste haar gezicht tegen de fluwelige neus van Bella, wreef over haar oren en knuffelde haar aan één stuk door. De stem bleef roepen van waar Bella was gekomen. Ze klonk zo vreemd dat Biddy opeens bang werd, bang om Joycie en Joe te ontmoeten. Ik ga terug, dacht ze. Ik neem Bella mee naar papa en daarna kunnen we hier allemaal samen terugkomen. 'Kom, Bella, we gaan.'

Ze begon terug te lopen langs het pad, met haar arm om Bella's nek, maar bleef verbaasd staan toen de pony halt hield. 'Vooruit, meisje.' Bella volgde haar *altijd*. 'Braaf meisje, Bella, kom mee.' Bella verroerde zich niet. Biddy greep haar manen vast. 'Loop *door*, Bell, loop toch door, meisje', smeekte ze, terwijl ze aan Bella's manen trok. Maar de pony wilde geen poot meer verzetten.

Nu huilde Biddy van teleurstelling in plaats van vreugde. De akelige stem bleef maar roepen en kwam dichterbij. Biddy raakte in paniek. 'Loop toch *door*, Bella! Ik meen het!' Ze liep naar achteren en gaf de pony een klap op haar bil, in een poging haar uit de buurt van die enge stem te krijgen.

'Niet doen! Dat mag je niet doen!' Opeens stond Joe daar. Over Bella's achterste keek hij haar aan. Biddy besefte dat haar mond openviel, dat ze hem stond aan te gapen, maar ze kon er niets aan doen. Hij zag er zo *proper* uit. Ze had verwacht dat hij er als een wild beest uit zou zien, behaard en smerig, maar hij blonk als een opgepoetste appel. Zijn haar was heel kort, een beetje zoals ze Tigger had geknipt toen ze nog klein was: kort maar ongelijk. Hij zag er doodsbang uit, alsof hij er elk moment vandoor kon gaan, en hij klampte zich aan Bella vast.

Biddy glimlachte naar hem, maar hij vertrok geen spier. Bang ontweek hij haar blik. 'Alles is oké', zei Biddy zacht. 'Er is hier niemand behalve ik. Ik ben hier in mijn eentje.' Ze glimlachte opnieuw naar hem en deze keer glimlachte hij terug. Hij had een lieve glimlach.

'Joe?'

Hij knikte, en over Bella's achterste stak Biddy haar hand naar hem uit. 'Ik ben Biddy.'

Joe keek naar haar hand.

'Je hoort me nu een hand te geven. Elkaar de hand schudden, dat doen mensen als ze elkaar begroeten.'

Hij glimlachte weer en greep haar hand. Biddy kromp ineen. Joe was kleiner dan zij, maar zijn hand voelde even vereelt en sterk aan als die van haar vader. Hij schudde haar hand op en neer.

'Goed zo. Nu mag je wel ophouden', zei Biddy. 'Het hoeft maar even.' Ze trok haar gekneusde hand terug en wierp een vluchtige blik over haar schouder. Ze verwachtte half dat Joycie langs het spoor kwam aanrazen. Ze wist haast zeker dat Joycie net zo'n moeder was als die grote, vreesaanjagende vrouwen op school, die je uitscholden als je ruziemaakte met hun kinderen. Ze was beslist behoorlijk krankjorum na al die tijd hier alleen geleefd te hebben.

Biddy keerde zich weer naar Joe. 'Hé, dat is mijn...' Ze wilde zeggen 'dat is mijn oliejekker', maar ze beet op haar lippen. Het was de jekker die Lorna verleden herfst was kwijtgeraakt, maar Biddy wilde Joe niet op de vlucht jagen door hem te beschuldigen van diefstal. Hij stond Bella teder rond haar oren te wrijven, en de pony keek of ze in de wolken was.

Biddy verkropte een lichte steek van jaloezie. 'Bedankt dat je haar hebt gered.'

Joe glimlachte weer. Wat lijkt hij op Irene, dacht Biddy. Dezelfde glimlach, dezelfde magere bruine armen, behalve dan dat die van Joe vol schrammen en korstjes zitten. Als hij zijn haar laat groeien, is het vast zo zwart en krullerig als dat van Irene.

'Ze is oké. Ze is taai. Duivel is ook dol op haar.' Hij had een zachte, murmelende stem, en Biddy dacht dat hij het over zijn moeder had.

'Waar is ze?' In vergelijking met zijn stem klonk die van haar als een misthoorn. 'Waarom was je alléén toen je Bella redde? Waar is Joycie?'

Joe staarde naar zijn vingers die door Bella's wollige vacht gleden. Hij bleef een tijdje zwijgen, toen murmelde hij iets wat Biddy niet kon verstaan.

'Wat?' vroeg ze, terwijl ze haar hand uitstak om Bella over haar hals te aaien. 'Wat zei je?'

Joe keek op, vlak in haar ogen. 'Ze is dood.'

Biddy wist niet wat te zeggen. Ze staarde een eeuwigheid naar de grond en toen ze opkeek, zag ze dat Joe ook naar de grond stond te staren. Hij snufte.

Hij zal wel niet graag hebben dat ik denk dat hij huilt, dacht Biddy, en daarom begon ze te praten. 'Wat vreselijk. Is alles oké met je? Wat is er met haar gebeurd? Hmm, eh, waar is ze van gestorven? Je hoeft het me niet te vertellen als je er geen zin in hebt. Je moet je wel erg eenzaam hebben gevoeld...' Haar stem stierf weg.

'Het is ongeveer een jaar geleden gebeurd, denk ik.' Joe keek nog altijd naar de grond, maar hij snufte niet meer. 'Ze werd gewoon ziek en ging dood. Jij babbelt wel veel.' Biddy glimlachte en keek naar de lucht. Die was lichtjes roze gekleurd. Opeens dacht ze aan haar ouders. Haar vader had gezegd dat ze tegen zonsondergang moesten vertrekken, om nog met de vrachtwagen via de kust terug te kunnen rijden. Ze keek naar Joe. 'Hoeveel tijd hebben we nodig om van hier op het strand te raken?'

'Een poosje.'

'Nee, ik bedoel in uren. Hoeveel uren zouden we erover doen?'

Joe haalde zijn schouders op. 'Weet niet. Weet niks van uren. Joycie leerde me een boel dingen, maar een uurwerk hebben we nooit gehad.'

Stom van me, dacht Biddy. 'Wel, kunnen we er geraken voor het donker wordt?'

Joe schudde zijn hoofd. 'Nee. Te ver.'

Biddy liet haar armen op Bella's rug rusten. Haar ouders zouden haar vermoorden. Ze had alles fout aangepakt. Het was haar schuld dat Bella in het drijfzand vast had gezeten, daarna had ze de paarden laten ontsnappen en nu was ze zelf uit het zicht verdwenen. Ze hoopte maar dat opa niet doodongerust zou zijn. Ze zouden vast en zeker naar huis gaan en morgenochtend terugkomen, ja toch?

Ze voelde een aanraking op haar rug, licht als een veertje. De hand van Joe. 'Alles in orde met jou... Bid... Biddy?' vroeg hij.

Nu was het Biddy's beurt om te snuffen. 'Jep. Dank je, Joe. Ik maakte me gewoon even zorgen over mijn mama en papa en opa.'

Joe glimlachte weer op die aantrekkelijke manier. 'Kom mee. Mee naar waar ik woon. Morgenochtend gaan we dan op pad. Kun je ook kennismaken met Duivel.'

Hij draaide zich om en Bella liep hem achterna. Tot zover de trouw van mijn paard, dacht Biddy. Ze moest op een sukkeldrafje lopen om Joe bij te kunnen houden. Hij had een vreemde, zwevende manier van lopen, bijna geluidloos, alsof hij nauwelijks de grond raakte.

'Wie is Duivel?'

'Mijn hond. Mijn dingo.' Joe hield halt en Biddy maakte van de gelegenheid gebruik om op Bella's rug te springen. Toen ze achter hem aanliep, had ze zich net een klein kind gevoeld. Op Bella voelde ze zich een prinses. Ze liepen verder.

'Duivel is schichtig. Misschien wil hij niks met je te maken hebben.'

Biddy voelde zich weer op haar teentjes getrapt. Natuurlijk zou zijn hond dol op haar zijn!

Net op dat ogenblik kwam het pad uit op de vallei. Joe hield weer halt en floot twee keer; een lage fluittoon, die Biddy nauwelijks kon horen. Er bewoog niets.

Biddy vond Joes woning het knapste huis dat ze ooit had gezien. Zelf had ze wel eens gezellige hoekjes ingericht, maar altijd van die fragiele dingetjes die in mekaar donderden: gewoon speelhuisjes. Maar dit was zoals het hoorde. Ze testte het bed, ging op de stoel zitten, inspecteerde de stookplaats. 'Ik voel me net Goudlokje', zei ze lachend, maar ze hield er plots mee op. 'Sorry. Je hebt waarschijnlijk nooit van Goudlokje gehoord.'

'Toch wel.' Joe trok een blikken bus met boeken onder zijn bed vandaan. 'Kijk, hier is het verhaaltje. Een van mijn favoriete toen ik nog klein was.' De bladzijden waren broos en verbleekt, maar vertoonden niet één scheurtje of vouwtje.

Onder de boeken lag een stapel stripalbums. Ze waren zo oud dat ze voelden als een stuk geweven stof. 'Hé! De *Phantom*-strips! Ben ik dol op! Irene koopt ze altijd.' Biddy bladerde door de bovenste strip en las een willekeurige bladzijde.

'Dus zó noemde je Bella vanmiddag: Held. Je noemde haar Held.' Ze wees naar het witte paard. 'Denk je van jezelf dat je de Wandelende Geest bent?'

Joe bloosde. 'Bella had er niets op tegen. Noem jij haar maar zoals je wilt. Waarom trouwens Bella?'

'Het betekent *mooi*.'

Joe schoof de stripalbums en boeken weg. 'Past wel bij haar. Een stuk beter dan Held.'

Biddy liep naar buiten en trapte naast het kampvuur van Joe haast op een dood konijn. 'Waarom komt een konijn naar deze plek om dood te gaan?' vroeg ze.

Joe begon te giechelen.

'Wat is er zo grappig? Wat? Zeg het me.'

'Het is daar niet doodgegaan.' Joe lachte zich nu bijna te barsten. 'Duivel heeft het daar neergelegd. Het is ons avondeten.'

Biddy's vader bereikte de top van de laatste helling vóór het strand. Hij had de hele weg gerend, maar nu remde het zware zand van de duinen zijn snelheid af. Hij was boos op Biddy, omdat ze zich niet meer bevond waar hij haar achter had gelaten, maar tegelijk was hij doodongerust. Wat had de paarden zo op hol doen slaan?

Bij elke bocht bleef hij aarzelend staan, half verwachtend dat hij voorbij de bocht Biddy ineengekrompen op de grond zou aantreffen, maar dat was niet zo. Ze was er vast in geslaagd in het zadel te blijven.

Hij keek naar het strand beneden, waar Lorna de drie paarden in toom hield naast de kleine vrachtwagen. Gordon en Blue zaten vol strepen opgedroogd zweet. Ze moesten als de wind gevlogen hebben.

'Alles oké met Biddy?' riep hij.

Lorna hield haar hand achter haar oor.

Dave stormde met reusachtige, glijdende passen het duin af en holde in haar richting. 'Alles oké met haar?' vroeg hij opnieuw, terwijl hij voorbij de paarden in de

vrachtwagen probeerde te kijken. Opa zat op de passa-
gierszetel, met zijn arm over de deur gehaakt. Dave verwachtte elk ogenblik Biddy naast hem te zien opduiken.
Lorna ging voor hem staan. 'Hoe bedoel je?' Ze greep
hem bij zijn arm. 'Biddy is niet hier. Ik dacht dat ze bij
jou was. De paarden zijn alléén teruggekomen.'
Dave begreep er niets van. Hij duwde haar opzij en tuurde door het open raampje. Op de zetel naast opa zag hij
alleen de thermoskan liggen.

'Jij hebt dus nooit ergens anders gewoond dan op de
landtong?'
Biddy zoog het vet van haar vingers en legde het laatste
konijnenknookje op het stapeltje naast haar. Ze bewaar-
de de beenderen voor Duivel.
Joe had zijn armen om zijn knieën geslagen. 'Nee. Alleen
hier. Mama zei altijd dat er te veel slechte mensen zijn.
Mijn pa werd in de stad vermoord.'
Biddy moest vooroverleunen om zijn stem boven het
geknetter van het vuur uit te kunnen horen. 'Dat weet
ik. Van Irene.' Ze had Joe verteld dat zijn nicht niet haar boe-
zemvriendin was. 'Maar je mag niet denken dat zoiets
nog eens zal gebeuren. De meeste mensen zijn aardig,
zoals wij.'
Bella troggelde Joe brood af. Ze strekte haar hals om de
brokken van zijn schoot te plukken. Joe zat met gesloten
ogen tegen haar geleund. Hij zag er zo moe uit, dacht
Biddy, zo klein en zo moe.
'Ben je bang?' vroeg ze. 'Voor de stad, bedoel ik. Je gaat
toch samen met mij terug, toch?"
Joe knikte en staarde in het vuur. 'Ik heb jullie de hele

tijd geschaduwd. Eergisteravond was ik van plan om jullie aan te spreken, maar ik wilde eerst mijn spullen ophalen. Ik dacht dat jouw pa en ma me dat niet zouden toestaan en me meteen zouden meenemen. En gisteren liep ik jullie mis – hé, daar schiet me iets te binnen!'

Hij rende zijn huisje in. Biddy raakte maar niet gewoon aan zijn snelle en geluidloze manier van bewegen.

'Kijk!' Hij kwam naar buiten met haar hoedje op zijn hoofd. 'Heb ik op het strand gevonden.'

'Hé! Mijn hoedje! Dankjewel, Joe.' Ze liep op hem af om het te pakken, maar hij sprong weg.

'Gevonden is gevonden. Dat zei Jozz altijd.'

Biddy zat hem achterna rondom het vuur, eerst in de ene, dan in de andere richting. Ze verwachtte niet hem te pakken te krijgen, hij was zo snel en glad als een aal. Hijgend en lachend plofte ze neer op haar boomstronk. 'Ik geef het op. Je mag het houden.'

'Nee, het was maar een spelletje.' Joe wikkelde het hoedje om een staak en wierp het over het vuur naar Biddy, maar voor zij hem kon grijpen, flitste een gele gedaante – een dier – voorbij en het hoedje was verdwenen. Biddy gilde. Joe liep snel om het vuur heen. 'Niets aan de hand! Dat was Duivel. Hij kon het niet laten. Spullen weggrissen is zijn favoriete spelletje.'

Biddy bewoog zich. Zij en Joe lagen lepeltje-lepeltje onder de deken van konijnenbont, maar iets haalde haar uit haar slaap. Gekriebel op haar gezicht. Ze deed haar ogen open en verstijfde. Twee geelbruine ogen staarden haar aan van de rand van het bed.

'Hallo, Duivel', fluisterde Biddy.

De dingo liet het hoedje op het bed vallen en ging toen bij de deur liggen. Hij keek haar welwillend aan, met zijn kop op zijn poten.

'Goedenacht, Duivel. Blij kennis met je te maken', zei Biddy zacht. Toen viel ze weer in slaap.

Irene sloot de deur van het kippenhok en tuurde in het donker om er zich van te vergewissen dat de grendel er goed voorgeschoven zat. Ze hoorde een auto stoppen aan de voorkant van het huis en haastte zich om te zien wie het was. Het waren de Frasers. Mooi zo, nu kon Biddy haar alles vertellen over het bijeendrijven van het vee.

'Hoi, meneer Fraser, mevrouw Fraser, oude meneer Fraser.' Zij en Biddy noemden elkaars grootvaders altijd oude meneer Fraser en oude meneer Rivers, om ze niet te verwisselen met hun vaders.

'Goedenavond, Irene.' Biddy's vader glimlachte niet. Gewoonlijk begroette hij Irene heel wat enthousiaster. Hij noemde haar altijd Kweeltje. Biddy was Kwalletje en zij was Kweeltje.

'Is je vader thuis?'

'Ja.' Irene ging hen voor op het verandatrapje. 'Waar is Biddy? Waarom is ze niet bij jullie?'

Niemand gaf een antwoord.

De deur ging open, een geut licht viel op de veranda en toen begonnen alle volwassenen tegelijk te praten: drijfzand, Bella, weggezakt, Biddy, verdwenen, Joycie, Joe, sporen...

Irene trok haar moeder aan haar mouw. 'Zijn ze nog in leven, mama? Heeft Biddy hen gevonden?'

'Zwijg even. Laat me luisteren.' Haar mama stopte haar haar broertje toe. 'Neem Tom en lees hem een verhaaltje voor.'

Nog met geen bulldozer hadden ze Irene daar weggekregen. Ze zette Tom op de gootsteen en stopte hem stukjes banaan toe – alles was goed om hem rustig te houden terwijl ze luisterde.

'Denk je dat ze hen tegen het lijf is gelopen? Joycie en Joe?' hoorde ze haar vader vragen.

Dave nam zijn hoed af en streek met zijn hand over zijn hoofd. 'Ik weet het niet. Ik denk wel dat ik haar gevonden zou hebben als ze gewond was. En ik heb haar heel duidelijk gezegd dat ze ter plekke moest blijven. Ik heb het er werkelijk ingehamerd bij die kleine meid.'

'Ze is vast bij hen', viel Lorna in. Haar stem klonk zachter dan anders. 'Een andere reden om je niet te gehoorzamen zie ik niet. Ik denk dat ze meegegaan is met Bella en Joycie en Joe.' Ze wendde zich tot Irenes vader. 'Ik weet dat het een vreselijke vraag is, Mick, maar denk je dat Joycie haar kwaad zou kunnen doen? Of haar weg zou kunnen jagen?'

'Nee. Daar hoef je je geen zorgen om te maken.' Irenes vader begon een kaart open te rollen op de tafel. 'Hoe geschift ze intussen ook mag zijn, ze zal niemand pijn doen. Daar is ze gewoon te zachtaardig voor.'

Irene haalde de borden van de tafel om ruimte vrij te maken voor de kaart. 'Goed zo, meisje.' Haar papa reikte haar de kommetjes aan.

Wow, dacht Irene, ik ben niet meer onzichtbaar. Ze had er een grondige hekel aan dat ouders deden of ze niet bestond als er iets ernstigs aan de hand was. Ze plantte

Tom op haar heup en ging achter haar grootvader staan. Hij zag er heel bleek uit.

'Het is bijna negen jaar geleden.' Zijn stem klonk onvast. 'Negen jaar. Het zou een verdomd mirakel zijn. Alsof je haar uit het graf terugkreeg.'

Biddy's opa haalde zijn pijp tevoorschijn en begon die aan te steken. 'Je mag het vel van de beer niet verkopen voor hij geschoten is, beste vriend. Misschien zijn zij het niet. We hebben maar één stel sporen gezien, weet je nog? Zullen we eens op deze kaart kijken?'

De twee oude mannen tastten in hun bovenzak en zetten op precies dezelfde wijze hun bril op hun neus. Irene glimlachte, en haar vader merkte het op. 'Ja hoor. Net een oud getrouwd koppel, zo zijn ze op elkaar afgestemd.' Hij draaide de kaart naar ze toe.

'Oké. We hebben ginds dus drie paarden, laagwater om vier uur, en wat we wel een behoorlijk duidelijke reeks afdrukken mogen noemen. En' – hij tikte op de tafel en wees toen naar de twee opa's – 'we beschikken ook over twee van de beste spoorzoekers ten zuiden van het Rotsgebergte. Ik stel voor dat we nu al naar ginds rijden, zodat we bij het ochtendkrieken aan onze speurtocht kunnen beginnen.'

'Denk je dat we iemand op de hoogte moeten brengen?' vroeg Irenes moeder. 'De politie misschien?'

'En wat gaat de politie dan doen, denk je?' Biddy's opa leefde al jaren in onmin met de lokale agenten. 'Je weet toch, Jean, wie ze de leiding van de zoektocht zullen toevertrouwen, niet?'

'Jep. Aan jou en Mick. Weet ik. Okido, we praten er met

niemand over.' Ze streek haar haar naar achteren. 'Geef Tom maar hier, Irene. Jij kunt beter gaan slapen.'

Irene liep stampend naar haar toe en dumpte het jongetje op de schoot van haar moeder. Ze voelde tranen achter haar oogleden prikken. Het was niet eerlijk. Waarom werd ze altijd overal buiten gehouden? 'Ik zie niet in waarom ik niet mee kan gaan. Biddy is mijn beste vriendin. Joe is mijn neef. Ik zou...'

'Hola, felle meid!' Haar moeder greep haar bij haar hand. 'Ik vind net dat je mee moet gaan. En net daarom wil ik dat je *nu* naar bed gaat. Omdat je morgenochtend zo vroeg uit de veren moet. Om in staat te zijn om een neefje en een vriendin op te sporen!'

KLAAR OM TE VERTREKKEN

'Vind je dat ik deze moet meenemen?' Joe liet een paar konijnenvallen voor Biddy's neus bengelen. Ze zag kleine plukjes haar op de roestige tanden. 'Ugh! Weg ermee!' Ze hielp Joe met inpakken. Als ze vlug opkrasten, redeneerde ze, konden ze nog voor lunchtijd het strand bereiken, waar haar ouders zouden zijn met de kleine vrachtwagen. Dat wist ze gewoon.

Ze verwijderde zich een paar passen van Joes kampvuur en keek naar zijn spullen, die op het gras uitgespreid lagen. In de loop van zijn leven had hij niet veel verzameld. 'Ik denk dat je het best al je spullen meeneemt, zoveel als we kunnen dragen.'

'Dat weet ik nog zo niet.' Joe trok piekerend rimpels in zijn gezicht. Hij keek naar het gebergte. 'Ik wou dat je onze vallei had kunnen zien.'

'Dat komt misschien nog. Misschien gaan we er ooit naartoe om een herdenkingsdienst te houden voor je mama.'

'Een wát?'

'Een herdenking. Een speciale plechtigheid om over haar leven te praten en een kruis te planten waarop staat wie ze was en waar ze leefde.'

'Ik denk niet dat Joycie dat fijn zou vinden.' Joe wierp de vallen terug in zijn hut.

Duivel liep al sinds het aanbreken van de dag zenuwachtig op en neer. 'Hij heeft door dat ik wegga', zei Joe tegen Biddy. 'Zo pienter is ie wel. Hij voelt alles aan.'

Opeens tuurde de dingo naar het eind van de vallei en begon te janken.

'Wat scheelt er, jongen?'

Duivel stormde naar de rimboe en keerde weer terug. Zijn ogen leken zich in Joe te boren en hem op te zuigen.

'Wat is er aan de hand, Duivel?' Joe streelde zijn oren en probeerde hem te kalmeren. 'Zo heb ik hem nooit eerder gezien, Biddy.'

'Ik vermoed dat mijn mama en papa op komst zijn, en dat hij ze kan horen.'

Joe gaf Duivel een stevige knuffel. 'Ik denk dat hij afscheid van me neemt. Hij weet dat hij weg moet gaan.'

Duivel worstelde zich los uit Joes greep en rende naar de overzijde van de vallei. Bij de rand van de wildernis hield hij halt om nog een paar seconden achterom te kijken. Toen hief hij lichtjes zijn kop op, nauwelijks merkbaar, alsof hij elk contact verbrak, en verdween in het struikgewas.

'Vaarwel, Duivel', fluisterde Joe, met een stem die klonk als de wind in het gras.

Biddy wist niet wat te zeggen. Joe liet zich op de boomstronk neervallen en staarde in de kooltjes van hun ontbijtvuur.

Biddy's hoofd tolde van de verhalen die Joe haar de avond ervoor had verteld en ze zat ook voor zich uit te staren. In jachtige flitsen dacht ze na over de toekomst, in een poging om zich voor te stellen hoe het Joe zou vergaan. Hij zou bij Irene en haar familie gaan wonen – *hij zou het ge-*

voel hebben dat hij omsingeld was –, hij zou naar school moeten gaan – *hij zou het daar zo lawaaierig vinden –*, hij zou zich aan mensen moeten aanpassen – *hij zou het haten te moeten wachten tot ze hem aanvaardden.* En zo ging het maar door. Er waren zoveel dingen waar hij geen benul van had.

Bella kwam tussen hen in staan – twee kinderen die staarden en in gedachten waren verzonken.

Dat was wat Irene zag toen ze de vallei in liep: haar neef en haar vriendin, als boekensteunen, met de witte pony tussen hen in.

Biddy en Irene daalden met veel gekletter de treden van de schoolbus af, met hun schooltassen hossebossend achter zich aan.

'Daag, giecheltrienen. Tot morgen, voor de laatste schooldag!' De buschauffeur keerde zijn bus en reed terug naar de stad.

De meisjes begonnen over het grindpad naar Biddy's huis te lopen. Ze letten erop dat hun hielen altijd op de grootst mogelijke stenen landden. 'Hoge hakken', noemden ze dit spelletje, en ze zigzagden verder, waarbij ze de stemmen nabootsten van kakmadammen op hoge hakken. 'Zeg eens, Irene,' zei Biddy toen ze de dijk passeerden, 'voel je toevallig geen onbedwingbare drang om een paar kikkers te vangen?'

'Oh ja, Biddy, zo'n drang voel ik inderdaad... Kijk! Daar heb je een heel grote!' Irene vergat meteen haar kakmadamstemmetje. 'Vlug, Bid! Geef me je lunchdoos!'

Ze sprong langs de aarden wal naar beneden, klauterde weer naar boven met druipende benen en zette de lunchdoos midden op het pad.

'Wat een mooi exemplaar!' Biddy bekeek aandachtig de flink uit de kluiten gewassen, groene, met gouden vlekjes overdekte kikker. Irene hurkte naast haar.

'Heeft ie geen mooie ogen? We zouden hem beter weer vrijlaten...'

Het getoeter van een auto deed de meisjes gillend van het pad wegspringen. Irenes papa leunde lachend uit het raampje van zijn oude vrachtwagen.

'Jullie zijn twee hopeloze gevallen! Als ik over jullie heen was gereden, hadden jullie het niet eens gemerkt! Gooi je schooltassen maar achterin en wurm je hier naar binnen, bij Joe.'

Biddy schoof de wagen in. 'Hoe gaat het met je, Joe? Jij en Mick lijken wel tweelingen nu je haar begint te groeien.'

Joe glimlachte maar gaf geen antwoord. Hij had zijn armen rond zijn borstkas gevouwen, alsof hij het koud had, maar zijn ogen tintelden. Zijn glimlach liep uit over zijn hele gezicht.

'Wat heb je uitgespookt?' Biddy gaf hem een por. 'Kijk eens naar hem, Irene. En naar je papa. Ze houden iets voor ons verborgen!'

'Waar ben je geweest, papa?' vroeg Irene met aandrang.

'Wel, je kent mijn rechterhand hier.' Joe snoof. 'Wel, hij en ik hebben jouw familie een handje toegestoken bij het hooien, Biddy. Zoals je wel weet...'

'Papa,' gromde Irene. 'Voor de dag ermee!'

'Onderbreek me dan niet. Door mijn schuld brak de drijfriem van de hakselmachine, en Joe en ik moesten naar de werkplaats van Henderson rijden om een nieuwe te halen.'

'Is dat alles?' vroeg Biddy. Meneer Henderson was een aardige kerel en zijn herdershondje Holly kon in bomen klimmen, maar een bezoek aan hem stelde toch niet veel voor. 'Vooruit, vertel ons wat jullie hebben gedaan.'

'Oké', zei Mick, terwijl zijn vrachtwagen naast de schuur tot stilstand kwam. 'Spring eruit en dan zullen we het jullie vertellen.'

Biddy duwde Irene naar buiten en wachtte op Joe. Met draaiende bewegingen schoof hij met zijn achterste over de zitting, toen stapte hij voorzichtig uit de vrachtwagen. 'Waarom houd je toch je armen zo?' vroeg Biddy.

Joe grijnsde. Het leek wel of hij zo gelukkig was dat hij er geen woord uitkreeg.

Mick haalde de schooltassen van de meisjes uit de laadbak. 'Je kent Holly toch?' vroeg hij. 'Het teefje van meneer Henderson. En ken je ook die hond van de Jacksons? Die gluiper?'

Joe liep naar Biddy. 'Kijk.' Hij hield zijn hemd open. Ze zag een donzig bruinwit bundeltje, dat zich tegen zijn borst had genesteld. 'Ik heb een jonkie.' Hij liet het aan Irene zien. 'Ik heb een jonkie.'

Biddy wilde het hondenjong dolgraag knuffelen, maar het leek daar zo behaaglijk te liggen dat ze dan maar haar arm om Joes schouders legde.

'Ik ga haar Molly noemen', zei hij. 'Duivel was mijn wilde hond en zij wordt mijn huishond.'

Biddy staarde over de omheinde weien. Bella lag te luieren onder de cipres en joeg de vliegen weg met haar staart. Aan de overkant van de baai vervaagden de purperen bergen van de landtong in de lucht.

'Wil je haar vasthouden, Biddy?' Joe gaf haar het jong en zijn glimlach was zo zonnig als de dag zelf.

OVER DE AUTEUR

 Alison Lester is een Australische schrijfster. Ze is opgegroeid op een boerderij. Haar ouders waren veeboeren. Daarover schrijft zij ook in *Drijfzand*, haar eerste roman. Toch is het niet haar eerste boek. Zij is in Australië erg populair voor haar prentenboeken. Zij was lerares plastische opvoeding, maar werd voltijds illustratrice en schrijfster. Ze woont nu ook met haar man en drie kinderen op een hoeve. En ze is nog altijd dol op paardrijden...

Alison Lester is van oordeel dat wanneer je kinderen mee laat helpen en ze niet overdadig afschermt, je hun een gevoel van zelfverzekerdheid en verantwoordelijkheid meegeeft. Net zoals in haar boek *Drijfzand*...

DRIJFZAND
Alison Lester
Oorspr. uitgave: The Quicksand Pony,
Allen & Unwin, Australia
© NV Uitgeverij Altiora Averbode, 2000
Vertaling: Ed Franck
Omslagfoto: Alison Lester
D/2000/39/64
ISBN 90-317-1586-7
NUGI 222

STICHTING NEDERLANDSE
KINDERJURY
2001

CIP

DRIJFZAND
Alison Lester
Omslagfoto: Alison Lester
132 blz. - 20 cm
TOP-roman
ISBN 90-317-1586-7
NUGI 222
Doelgroep: vanaf 12 jaar
Trefwoord: jeugdboeken